**Jeunesse**

# LES PORTES DU DIABLE

ANTHONY HOROWITZ

# LES PORTES DU DIABLE

Traduit de l'anglais
par Annick Le Goyat

Illustrations :
Jean-Noël Velland

L'édition originale de cet ouvrage
a paru en langue anglaise
sous le titre
*THE DEVIL'S DOOR BELL*

# 1

# ENQUÊTE DE ROUTINE

Un agent de police solitaire battait la semelle devant la gare des autocars de Victoria. Il avait froid. Ses jambes et ses pieds, surtout, étaient gelés.

Il avait plu toute la nuit. L'eau dévalait les caniveaux de Buckingham Palace Road et tourbillonnait au-dessus des plaques d'égout. De temps à autre, les roues d'une voiture faisaient gicler une gerbe d'eau sale. Mais les voitures étaient rares. Il n'était que sept heures et demie, en cet obscur matin de mars, et Londres sommeillait encore.

Au-dessus de la ville, le soleil tentait vainement de percer l'épaisse couche de nuages. L'aube restait obstinément froide et sombre, et il flottait dans l'air quelque chose d'étrange, d'anormal.

Le policier souffla dans le creux de ses mains puis jeta un coup d'œil à sa montre. Il avait commencé sa ronde devant Victoria à trois heures du matin. Encore une heure et il pourrait enfin rentrer chez lui prendre un copieux petit déjeuner et se glisser dans un bon lit chaud.

Il commençait déjà à compter les minutes, quand son attention fut attirée par deux silhouettes qui remontaient la rue vers la gare routière. Il cessa de taper des pieds pour les observer. Bien que manifestement ensemble, les deux personnes marchaient sans s'adresser la parole. On pouvait difficilement imaginer couple plus mal assorti.

La femme, âgée d'une cinquantaine d'années, précédait le jeune garçon de plusieurs mètres. D'une main elle portait un sac avachi qui lui battait le flanc à chaque pas, de l'autre elle s'agrippait à un parapluie dont la poignée figurait une tête de loup. Sa longue pèlerine vert olive laissait apparaître l'ourlet d'une robe en étoffe grossière maculée de boue, et des bottes en caoutchouc.

Sa taille dépassait très largement la moyenne. Ses cheveux gris s'enroulaient autour de sa tête comme des tampons d'ouate. Son nez était long et mince, et une verrue saillait de son menton pointu. Pourtant, le plus déplaisant de tout restait sa bouche, avec des lèvres sinueuses et une mâchoire si bosselée qu'elle semblait avoir gobé par mégarde un sac de billes.

L'adolescent, quant à lui, avait environ treize ans.

Les deux lourdes valises qu'il traînait ralentissaient sa marche. C'était un garçon très mince, avec des joues creuses, des cheveux blonds, et une frange qui retombait sur ses yeux noirs. Il portait un blue-jean délavé et un vieil anorak défraîchi.

La femme et l'adolescent croisèrent l'agent de police sans lui accorder un regard et disparurent dans la gare. Le policier réfléchit un instant, puis leur emboîta le pas.

Il faisait presque plus froid à l'intérieur. C'était plus bruyant, aussi, avec le grondement des moteurs qui se répercutait contre le toit de tôle et les murs de briques nues. Les voyageurs se pressaient sur les quais de départ par petits groupes. Un instant, l'agent de police les perdit de vue, puis la femme réapparut au milieu de la foule, jouant des coudes pour se frayer un passage vers un autocar en partance. Le garçon la suivait à distance en traînant péniblement ses valises sur le sol.

Le policier rattrapa la femme au moment où elle grimpait sur le marchepied.

« Excusez-moi, madame.

— Qu'est-ce que c'est ? » riposta-t-elle d'un ton agressif en se retournant.

Mais son expression s'adoucit dès qu'elle reconnut l'uniforme.

« En quoi puis-je vous aider, monsieur l'agent ? poursuivit-elle avec un sourire mielleux.

— Quelle est votre destination ? »

Pour toute réponse, la femme lui indiqua la pancarte qui ornait l'avant de l'autocar.

« York ? Vous allez jusqu'au terminus ? insista le policier.

— Oui, je me rends à York. L'autocar va bientôt partir d'ailleurs, alors si vous permettez...

— Un instant, madame. J'aimerais vous poser quelques questions. Ce ne sera pas long. »

La scène n'avait pas échappé aux passagers, qui, déjà installés à leur place, les observaient avec curiosité en chuchotant entre eux. La femme leur tourna ostensiblement le dos et suivit le policier vers l'arrière du car où le jeune garçon assistait au chargement de ses valises.

« Que me voulez-vous, monsieur l'agent ? Je n'ai rien fait de mal !

— Simple vérification de routine, madame, la rassura-t-il en sortant son carnet. Quel est votre nom ?

— Crow. Elvira Crow, marmonna-t-elle.

— Elvira ? C'est votre prénom ?

— Oui. Elvira, Veronica, Irene, Lavinia Crow.

— Votre adresse ? poursuivit le policier en notant les renseignements.

— Hellibore Hall, Lesser Malling, Yorkshire.

— Et le garçon ?

— Martin Hopkins.

— Il est de votre famille ?

— Pas exactement, monsieur l'agent. Sa mère était une de mes amies.

10

— Où se trouvent ses parents ?

— Ils sont morts. La foudre les a frappés alors qu'ils se promenaient dans Kew Gardens. Tués sur le coup. On n'a rien retrouvé d'eux... sauf leurs chaussures. Une tragédie, monsieur l'agent. Une véritable tragédie, renifla la femme en sortant de son sac un large mouchoir pour se tamponner les yeux... Désormais, c'est moi qui veille sur Martin. Je l'emmène vivre dans ma ferme. Personne ne voulait de lui. Le pauvre chou était déjà un enfant adopté, vous comprenez. Je serai une tante pour lui, sa tante Elvira... »

L'agent de police, qui avait scrupuleusement noté l'essentiel du récit, referma son carnet d'un coup sec et s'approcha du jeune garçon.

« Martin ?

— Oui.

— Tu ne me sembles pas en grande forme, mon garçon. Es-tu certain de pouvoir supporter un long voyage ?

— Je vais bien, lui assura Martin.

— On ne t'emmène pas contre ton gré, n'est-ce pas ?

— Non.

— Bien... En tout cas, si tu as besoin d'une aide quelconque, souviens-toi que la police est là pour te porter secours, à Londres comme dans le Yorkshire.

— Merci, murmura Martin.

— Est-ce tout, monsieur l'agent ? intervint Elvira Crow sans pouvoir réprimer un sourire sarcastique.

— Oui, c'est tout, madame. Mais je remettrai mon rapport.

— Il n'y a rien à rapporter, monsieur l'agent ! Je suis une personne respectable. Je n'ai commis aucun délit !

— Peut-être pas, en effet. Mais la santé de ce garçon m'inquiète. Il n'est visiblement pas en état de porter deux énormes valises à travers la ville, au lever du jour. Si c'est votre façon de veiller sur lui...

— Martin est un grand garçon, monsieur l'agent ! s'offusqua Mme Crow. Ça lui fait plaisir de m'aider à porter les bagages... D'ailleurs il va travailler dans ma ferme et...

— C'est possible, madame, mais mon rôle était de contrôler. Je suis payé pour cela.

— Sans doute, monsieur l'agent, sans doute », grommela Mme Crow en le regardant s'éloigner.

Une fois le policier parti, elle s'approcha de Martin et lui tapota la tête.

« Monte m'attendre dans le car et préviens le conducteur que je reviens dans une minute. Je vais aller t'acheter un chocolat chaud. Qui aurait supposé que je voyageais avec un grand malade ! » grimaça-t-elle avant de se fondre dans la foule.

Cinq minutes plus tard, l'autocar démarrait. Assis à l'arrière, Martin ferma les yeux. Près de lui, Elvira Crow bavardait avec une autre passagère. Elle avait oublié de lui rapporter le chocolat chaud.

Le corps de l'agent de police ne fut découvert

qu'une demi-heure plus tard, effondré derrière une rangée de poubelles, au coin de la gare routière. Ses mains étaient crispées sur sa radio émettrice. Selon toute apparence, il avait succombé à une crise cardiaque. Le froid, sans doute, diagnostiquèrent les ambulanciers.

Curieusement, son carnet de notes avait disparu.

# 2

# MARTIN HOPKINS

Environ trois cents kilomètres d'une autoroute lugubre séparaient Londres de York. Le voyage dura plus de quatre heures. L'autocar s'arrêta deux fois à des stations-service, mais ni Martin ni sa « tante » Elvira ne quittèrent leur siège. Elvira Crow sortit de son sac deux sandwichs qu'elle avala goulûment sans même en offrir à Martin. Cela ne le priva pas d'ailleurs, car les sandwichs, enveloppés de papier brun, se composaient de lamelles de foie froid pressées entre deux épaisses tranches de pain sec.

Ni l'un ni l'autre n'avait prononcé un mot depuis le départ de Victoria. Elvira avait passé son temps à feuilleter une revue intitulée *Fermes et Fermiers*, en soufflant de petits nuages de fumée âcre qu'elle tirait d'une vieille pipe. Tourné vers la fenêtre, Martin contemplait les rigoles de pluie qui ruisselaient sur la vitre sans discontinuer.

Une semaine auparavant, il était encore un écolier comme les autres, vivant avec ses parents dans une maison entourée d'un jardin, au sud de Londres. Son père travaillait dans une banque et sa mère occupait un poste à mi-temps dans un supermarché. Martin était leur unique enfant.

Les Hopkins formaient une famille heureuse. M. Hopkins était apprécié de ses supérieurs et Mme Hopkins avait récemment obtenu une augmentation de salaire. Les résultats scolaires de Martin étaient corrects, sinon brillants. Quand il était parti disputer un match de football par cet orageux après-midi, c'était avec le cœur léger d'un garçon menant une vie sans histoires. De leur côté, ses parents étaient allés se promener dans le parc de Kew Gardens.

En rentrant du stade, fourbu, couvert de boue et trempé jusqu'aux os, Martin avait bien remarqué la voiture de police garée dans la rue, mais n'y avait pas attaché d'importance. Ce fut seulement en découvrant une femme en uniforme assise dans la cuisine qu'il avait ressenti le premier pincement d'inquiétude. L'auxiliaire de police lui avait révélé le drame, et le cauchemar avait commencé.

Les jours suivants lui avaient fait prendre conscience d'une réalité tout aussi cruelle : ses parents avaient jusqu'alors constitué le centre de son existence et leur disparition le laissait tragiquement seul.

Après les obsèques, les rares cousins des Hopkins avaient tenu un conseil de famille dans le salon. Martin n'y avait pas été convié, cependant quelques bribes de leur discussion lui étaient parvenues :

« Après tout, Martin n'appartient pas vraiment à la famille, avait remarqué quelqu'un. C'était déjà un orphelin, ne l'oubliez pas ! Nous n'avons aucune responsabilité envers lui.

— Je l'accueillerais bien à la maison, mais j'ai mes propres enfants à élever et je ne suis pas riche.

— C'est un garçon un peu bizarre. Il ne ressemble pas aux autres. Vous souvenez-vous du jour où... »

Martin n'avait pu saisir la suite car les voix avaient soudain baissé de ton.

Le lendemain, un inconnu avait sonné à la porte. C'était un homme jeune, barbu, vêtu d'un duffle-coat. On l'avait laissé en tête à tête avec Martin. Après s'être présenté comme un délégué de l'Assistance publique, l'homme lui avait gentiment expliqué qu'aucun membre de la famille ne pouvait lui offrir un toit et qu'il serait confié à la garde d'une nourrice. Celle-ci avait déjà été contactée et devait arriver à Londres le soir même.

« Mme Crow habite une ferme dans le Yorkshire. Tu pourras t'inscrire à l'école du village. Je sais que tu traverses une période difficile, Martin, mais je suis certain que tu te plairas chez Mme Crow... »

Le chuintement des portes de l'autocar et la bousculade des voyageurs pressés de quitter leur siège ramenèrent brutalement Martin au présent.

« Terminus ! annonça Elvira. Sois un bon garçon, occupe-toi des bagages. »

Ployant sous le poids des valises, Martin la suivit à travers la foule qui se pressait devant la gare de York. Un homme attendait près de la porte, adossé contre un mur, une cigarette plantée au coin des lèvres. En apercevant Mme Crow, il jeta son mégot à terre et avança à sa rencontre d'un pas nonchalant.

« Pour une fois, tu es à l'heure ! remarqua-t-elle d'un ton hargneux.

— J'attends ici depuis ce matin, grommela l'homme d'une voix qui ressemblait à un gargouillement de tuyauterie. Je pensais que vous arriviez à sept heures et demie.

— C'était l'heure du départ, imbécile ! Je te l'avais pourtant dit. Mon pauvre Gangree, tu as encore moins de cervelle que ton défunt père !

— En tout cas, je suis au rendez-vous, grommela Gangree en s'essuyant le nez d'un revers de main. Qu'est-ce que c'est que ça ? ajouta-t-il en désignant Martin.

— C'est le gosse, pardi !

— Je vois, je vois, gloussa Gangree. Alors vous l'avez récupéré, hein ? »

En levant les yeux pour observer le dénommé Gangree, la première impression de Martin fut celle d'un énorme crapaud accoutré d'un costume mal taillé. Ses yeux globuleux lui sortaient de la tête comme deux balles de ping-pong. Sa bouche était anormalement grande, son visage vérolé. Ses cheveux, dont la couleur rappelait la vase d'un étang, se dressaient sur sa tête, laquelle semblait directement plantée sur les épaules. Le teint glabre de sa peau et sa voix coassante complétaient un tableau pour le moins déplaisant.

« Alors, c'est toi le fameux gamin, hein ? reprit Gangree en lui tendant la main. Ravi de te connaître. Vraiment ravi !

— Merci, murmura Martin en serrant avec réticence ses doigts visqueux.

— Plus tard, les politesses, intervint sèchement Mme Crow. Où as-tu garé la voiture ?

— Juste à côté, sur le parking.

— Ramasse les valises et suis-nous, Martin », ordonna-t-elle en s'éloignant à grandes enjambées.

La voiture était une vieille Ford maculée de boue, aux roues bizarrement voilées, et dépourvue de plaque d'immatriculation. Gangree débarrassa Martin des valises pour les entasser dans le coffre, puis le poussa sur le siège arrière avant d'aller prendre sa place au volant, à côté d'Elvira.

La voiture refusa de démarrer. Gangree eut beau tourner la clef de contact dans tous les sens, tripoter les commandes, marteler le volant et le tableau de bord de coups de poing rageurs, jurer tant et plus, la Ford resta inébranlable.

Au lieu de tempêter contre Gangree, comme Martin s'y attendait, Mme Crow observa en silence ses efforts infructueux. Puis elle ferma les yeux et commença à marmonner des paroles inintelligibles. Martin les dévisageait alternativement, en se demandant s'il n'avait pas affaire à deux fous. Puis un frisson le parcourut. La température à l'intérieur de la voiture était subitement devenue glaciale, au point que de la buée s'échappait de ses lèvres à chaque respiration.

Gangree frappa le tableau de bord d'un coup de poing violent, puis se rejeta en arrière, vaincu. Au même instant, Elvira rouvrit les yeux et se pencha, le doigt pointé en avant. Le moteur toussa... et démarra. Incroyable ! Elle n'avait pressé aucun bouton, ni même effleuré la clef de contact, elle s'était contentée de pointer le doigt et la voiture lui obéissait, soumise.

Martin la contempla avec effarement, tandis que Gangree tournait vers sa patronne un regard empli de vénération.

« Avance ! lui jeta Mme Crow. Nous avons assez perdu de temps. Rentrons à la maison. »

# 3

# LESSER MALLING

Aucune pancarte n'indiquait la direction de Lesser Malling. Le village semblait enfoui au fin fond des landes désolées du Yorkshire et les routes qui le desservaient devenaient plus sinueuses et cahoteuses à mesure que l'on en approchait. Vers la fin du trajet, la voiture rebondissait tellement sur les ornières que Martin pouvait à peine regarder le paysage. Gangree ralentit. Ils arrivaient à destination.

Lesser Malling était accroché au flanc d'une colline, comme s'il avait inexorablement glissé le long de la pente au cours des âges. Ses quelque vingt maisons, blotties les unes contre les autres, semblaient à peine tenir en équilibre. Une simple poussée et elles auraient culbuté jusqu'en bas. Deux d'entre elles s'étaient d'ailleurs déjà effondrées, laissant des brèches béantes que l'on s'était empressé de colmater à l'aide de tôles ondulées.

Les maisons qui tenaient encore debout étaient trapues, délabrées, sales. La peinture des portes et des volets s'écaillait et des moisissures verdâtres tachaient les murs. Cinq commerces occupaient le centre du village, tous dans le même piteux état. Il y avait aussi un pub, une école, un garage et une église dont le clocher s'inclinait dangereusement, comme un doigt crochu. La région était sans aucun doute la plus humide et la plus froide du Yorkshire. La mare du village se trouvait au beau milieu de la grand-rue et la pelouse du pré communal était râpée et grise.

Midi ayant sonné, il n'y avait pas âme qui vive dans la rue. La voiture avança lentement en essayant d'éviter les nids-de-poule de la chaussée. Rien ne bougeait : les boutiques étaient fermées, les maisons silencieuses. Pourtant Martin éprouvait l'impression très nette qu'on les observait et il poussa malgré lui un soupir de soulagement lorsqu'ils laissèrent le village derrière eux.

Hellibore Hall se trouvait deux kilomètres plus loin. On y accédait par une piste boueuse bordée de clôtures en barbelé derrière lesquelles paissaient quelques vaches faméliques. Le chemin menait à une cour de ferme embourbée où clopinaient librement plusieurs poules que les roues de la Ford n'effrayèrent pas le moins du monde.

D'un côté se dressait la ferme elle-même, large bâtisse dont une moitié seulement était habitable, l'autre moitié étant éboulée. En face, une soue à cochons s'adossait contre une vieille grange. Six cochons pataugeaient dans la boue.

« C'est bon de rentrer chez soi, soupira Mme Crow en descendant de voiture. Mais... il y avait sept cochons quand je suis partie ! Je n'en compte plus que six.

— Ah... oui, c'est vrai, balbutia Gangree. Justement je voulais vous en parler. L'un des cochons n'est plus là.

— Je m'en aperçois ! Que lui est-il arrivé ?

— Il s'est suicidé.

— Tu es fou !

— C'est la vérité, je vous le jure. Il était très déprimé, ces derniers temps, et...

— Qu'en as-tu fait ?

— Eh bien... je l'ai mangé, avoua Gangree en baissant la tête. Vous dites toujours qu'il ne faut rien perdre, alors...

— Je te dirai autre chose tout à l'heure, gronda Mme Crow. Pour le moment, va allumer du feu dans la cuisine. Je vais montrer ses nouveaux quartiers à Martin. »

Gangree s'éloigna en traînant les pieds vers la maison. Martin déchargea les valises du coffre de la voiture et s'apprêta à le suivre.

« Pas par ici, l'arrêta Mme Crow. Tu dormiras dans la grange. Tu ronfles en dormant ?

— Non, je...

— Tant mieux. Au moins tu ne réveilleras pas les cochons ! »

La grange était encombrée d'outils et de machines agricoles qui, à l'image du reste de la ferme, avaient connu des jours meilleurs. Un tracteur sans roues trônait au milieu. Des fourches, des bêches, des râteaux couvraient les murs. Une brouette était renversée dans un coin, à côté d'un soc de charrue dont les lames tordues pointaient en l'air. Dans un renfoncement, Martin aperçut un escalier délabré qui menait au grenier. Il ne se décida à s'aventurer sur les marches branlantes qu'en voyant Mme Crow s'y engager.

L'escalier débouchait sur une pièce vétuste, meublée en tout et pour tout d'un tapis élimé, d'une chaise à trois pieds, d'un évier pourvu d'un unique robinet d'eau froide, d'une pile de sacs de toile, et d'un lit. Une ampoule nue pendait au milieu du plafond.

« Voilà ta chambre, annonça Mme Crow. Je sais qu'elle est modeste, mais après une journée de travail dans la ferme, tu seras trop fatigué pour t'en apercevoir.

— Merci, murmura Martin.

— Tiens, voilà Asmodeus ! Il est venu te souhaiter la bienvenue. »

Asmodeus était un immense chat noir qui ronronnait d'aise, étendu sur le lit. Il avait un œil bleu et un œil jaune. Martin s'approcha pour le caresser. Le chat ronronna plus fort, leva la tête pour le regarder fixement et, tout à coup, lui mordit cruellement le doigt.

Martin retira sa main en poussant un cri. Du sang coula de la morsure et une goutte tomba sur le sol. Le chat se pourlécha les babines et sauta du lit pour aller se frotter contre la jambe d'Elvira.

« Sale gosse ! jeta-t-elle méchamment à Martin. Tu as fait peur à Asmodeus ! »

Les événements des derniers jours submergèrent brusquement Martin. Il vacilla. La silhouette d'Elvira tournoya et se voila comme un reflet dans l'eau. Pendant une fraction de seconde, son image se fondit en une étrange forme noire, tandis que le chat se muait en animal sauvage et hideux, avec des yeux rouges et luisants.

La pièce entière se mit à tanguer devant ses yeux. Un squelette humain surgit de nulle part. Un poignard effilé siffla dans l'air. Le sol trembla et une énorme pierre jaillit du plancher. Une voix assourdie se fit entendre : « Il est l'un des cinq... Il est l'un des cinq... »

Puis une lumière aveuglante engloutit toute la scène. Martin sentit cette lumière s'infiltrer en lui. Il enfouit son visage dans le creux de ses mains pour arrêter ce cauchemar, et il perdit conscience.

# 4

# UN AVERTISSEMENT

Pendant trois jours Martin sombra dans un état coma-
teux, sans rien manger ni boire, le corps baigné de
sueur. Sa température avoisinait quarante degrés et sa
respiration était saccadée et douloureuse. Aucun
médecin ne fut appelé mais Elvira quitta à peine son
chevet et le soigna selon ses propres méthodes. Elle
l'emmitoufla de couvertures, ferma les fenêtres et
déposa près de sa tête un creuset où elle brûla
d'étranges poudres qui emplissaient la pièce d'une
fumée jaune.

Le quatrième jour, la fièvre de Martin baissa un peu
et Elvira le força à absorber quelques gorgées d'une
infusion de sa composition. L'aspect noirâtre et
bouillonnant du breuvage aurait rendu malade

n'importe quel individu bien portant, mais il eut sur Martin un effet immédiat. Sa température redevint normale et sa respiration s'apaisa. De ce moment, il reprit des forces et la physionomie qui était la sienne avant sa rencontre avec Elvira.

En apparence tout au moins, car Martin savait qu'il avait changé. Il ne pouvait préciser en quoi, mais il sentait qu'un élément nouveau s'était glissé au fond de lui-même. D'abord il crut à une hallucination consécutive à sa fièvre, mais la sensation persista. Il avait l'impression que sa vie était soudain arrivée à un croisement et s'était engagée sur une voie inconnue.

En se promenant autour de la ferme, il songeait à tout ce qu'il avait perdu. Cette pensée le rendit triste, naturellement, toutefois c'était une tristesse un peu vague, distante, comme si la tragédie qui avait bouleversé sa vie avait frappé un autre Martin. Curieusement, le passé perdait totalement de son importance. Déjà il envisageait l'avenir : dans trois ans, il pourrait quitter le Yorkshire, retourner à Londres, trouver un emploi et se bâtir une vie nouvelle.

Il lui fallut deux semaines de convalescence pour recouvrer toutes ses forces et oser s'aventurer hors de la ferme. Un jour, il annonça à Elvira son intention de se rendre au village.

« Bien sûr, tu peux y aller, répondit-elle comme s'il lui en avait demandé la permission. D'ailleurs, il est temps que tu découvres ton nouveau pays. Par la même occasion, tu t'arrêteras chez le pharmacien pour prendre le paquet qu'il m'a préparé. C'est déjà payé.

— Je vous le rapporterai », promit Martin.

Elvira chassa Asmodeus de ses genoux. Le chat fixait Martin.

« Si tu veux, tu peux utiliser la vieille bicyclette qui est remisée dans la grange. Elle appartenait à mon défunt mari. Paix à son âme !

— Merci.

— En tout cas, ne t'aventure pas dans la forêt. C'est un endroit particulièrement dangereux. Il y a plein d'arbres...

— Des arbres dans la forêt ?

— Nous ne tenons pas à te perdre maintenant. Tu pourrais aussi t'égarer dans les landes ou t'enliser dans les marécages. »

La bicyclette était rouillée mais, après avoir graissé le pédalier et regonflé les pneus, Martin parvint à la rouler hors de la grange. La roue arrière était voilée et il faillit percuter une voiture de sport noire flambant neuve garée dans le chemin. Cependant, c'était plus rapide que la marche à pied.

Elvira assista à son départ, dissimulée derrière la fenêtre du salon.

« Qu'en pensez-vous ? demanda-t-elle sans se retourner.

— Il correspond exactement à ce que j'attendais », répondit une voix masculine.

L'homme était assis dans un fauteuil au fond de la pièce, le visage masqué par la pénombre.

« Il a failli abîmer votre voiture, mais c'est un bon garçon.

— Il est parfait, ricana l'homme d'une voix sifflante. Vous êtes certaine que l'administration n'enquêtera pas sur son compte ?

— Ça m'étonnerait ! Après tout, je suis officiellement enregistrée comme nourrice agréée, n'est-ce pas ?... Même si nous avons dû graisser quelques pattes...

— Exact, acquiesça son interlocuteur en allumant une cigarette. Mais il faut en prendre soin et nous méfier de lui... La fièvre a failli l'emporter. Je tiens à sa santé, madame Crow. Nourrissez-le généreusement et veillez sur lui.

— Cela signifie-t-il que je ne peux pas le faire travailler dans la ferme ?

— Précisément, madame Crow. Il me le faut en parfaite condition physique. Malade, il ne me servirait à rien.

— Très bien, puisque vous insistez...

— J'insiste, madame Crow. Martin est sous votre entière responsabilité, mais seulement pendant deux semaines et un jour encore. N'oubliez pas ! Ensuite, son sort ne dépendra plus de vous. »


Martin fit halte au bout du chemin. À gauche, la

route serpentait avant de disparaître au loin derrière la crête d'une colline escarpée qui masquait le bourg de Greater Malling. À perte de vue s'étendait la forêt dont Elvira avait parlé. C'était une forêt comme tant d'autres, mais si dense qu'elle semblait ne pas laisser filtrer le soleil pourtant éclatant de l'après-midi. Martin réprima un frisson et obliqua à droite, en direction du village.

Deux routes menaient à Lesser Malling et se rejoignaient à un embranchement en forme de Y, juste à l'entrée du village. C'est là que Martin s'arrêta. Il cala son vélo contre un réverbère cassé et partit en exploration. Les lieux étaient aussi déserts que le jour de son arrivée. Un seul bruit troublait le silence : le crissement de ses propres pas sur le gravier.

« C'est toi, le garçon d'Elvira ? »

La voix parut surgir de nulle part. Martin fit volte-face et découvrit une femme très maigre, recroquevillée dans un tailleur de tweed, qui poussait un antique landau d'enfant.

« Tu es le garçon d'Elvira ? insista-t-elle.

— J'habite chez Mme Crow, si c'est ce que vous voulez dire.

— Je dis ce que je dis et je sais ce que je dis, grogna la femme. Le garçon d'Elvira, ça alors ! »

Elle continua son chemin en poussant son landau grinçant. Martin remarqua qu'il était vide.

Deux autres femmes apparurent au bout de la grand-rue, au coin de l'église. De loin, elles ressemblaient à des épouvantails avec leurs longs manteaux qui battaient au vent. La femme au landau s'éloigna dans leur direction et le grincement des roues diminua. Un volet claqua. Martin leva la tête et aperçut un homme entre deux âges, le visage mangé par une barbe, qui se penchait à sa fenêtre pour l'observer. Martin le salua d'un signe de tête mais l'homme éclata de rire et disparut dans la pénombre.

Martin poursuivit son chemin en haussant les épaules et arriva bientôt à la hauteur du pub. *La Tête du Roi*, pouvait-on lire sur l'enseigne. Il s'agissait sans nul doute du roi Charles I$^{er}$, car un dessin représentait sa tête, juste après que la hache du bourreau l'eut séparée du reste de son corps.

Un banc vide se trouvait près de l'entrée du pub. Du moins était-il vide un instant plus tôt car, à présent, un vieillard y était assis.

« Qui es-tu ? lança-t-il à Martin.

— Martin Hopkins.

— Je ne t'ai pas demandé ton nom, mais qui tu es.

— Eh bien, je...

— C'est le garçon d'Elvira », intervint un deuxième homme qui venait d'apparaître sur le seuil de la taverne.

L'individu, épais et ventru, portait une cicatrice sous l'oreille gauche et un cageot de bouteilles vides sous chaque bras.

« Tu es sûr que c'est lui ? grommela le vieil homme. Je m'attendais à un enfant plus jeune.

— Quel âge as-tu ? questionna le patron de l'auberge.

— Treize ans, répondit Martin.

— Treize ans... Il fera l'affaire.

— Je ferai l'affaire pour quoi ?

— Ne pose pas tant de questions, ça vaudra mieux pour toi. »

Un petit groupe d'enfants fit irruption sur le trottoir opposé, jaillissant d'un bâtiment hideux : l'école de Lesser Malling. Remarquant certains garçons de son âge, Martin décida d'aller se présenter, mais à peine avait-il fait trois pas que tous les enfants se dispersèrent. Il se retrouva seul, face à une femme imposante. Elle avait les cheveux gris et portait des petites lunettes à monture d'acier.

« Qui es-tu ? questionna-t-elle d'une voix autoritaire.

— Je m'appelle Martin Hopkins. J'habite chez Mme Crow, à Hellibore Hall.

— Elvira Crow est ma sœur. Moi, je suis Mlle Kite, la directrice de l'école.

— Oh... J'espère bientôt me joindre à vos élèves, mademoiselle Kite.

— Vraiment ? On a de grandes espérances, à ce que je vois ! À propos, qui a écrit *Les Grandes Espérances* ?

— Charles Dickens, répondit Martin.

— Bonne réponse. Un grand classique, un chef-d'œuvre de notre littérature ! Tu l'as lu ?

— Pas encore, mais j'y compte bien...

— Pourquoi pas ? Pourtant... à ta place, je choisirais un ouvrage plus court ! »

Et sur cette remarque énigmatique, Mlle Kite lui tourna le dos et remonta la rue.

Martin continua son chemin. À chaque pas il sentait de nouveaux regards braqués sur lui. Portes et fenêtres s'entrouvraient sur son passage, des gens apparaissaient dans la rue. Mais nul ne prononçait un mot. Un malaise grandissant l'oppressait et, instinctivement, il accéléra le pas vers la pharmacie.

C'était une pharmacie qui ne ressemblait à aucune autre. Des dizaines de flacons poussiéreux encombraient la vitrine et la boutique elle-même. Certaines fioles contenaient des poudres, des herbes séchées, d'autres d'étranges objets spongieux flottant dans un liquide trouble. Les étiquettes portaient des noms qui n'évoquaient rien à Martin : Noxvomica, Armoise, Pervenche...

Une clochette au ton grave tinta lorsqu'il poussa la porte.

« Que désirez-vous ? » s'enquit le pharmacien en se penchant au-dessus de son comptoir.

L'homme était petit, âgé, avec des lunettes si épaisses que son nez semblait ployer sous leur poids. Comme pour compenser la luisante calvitie de son crâne, il avait un cou abondamment poilu.

« Je viens chercher la commande de Mme Crow », lui expliqua Martin.

Le regard du pharmacien se fit aussitôt très attentif.

« La commande de Mme Crow, hein ? Oui, tu dois être le garçon d'Elvira, murmura-t-il pensivement. Eh bien, mon garçon, c'est un plaisir de faire ta connaissance.

— Vraiment ?

— Plus que tu ne le crois. J'espérais bien te rencontrer avant... avant longtemps. Comment trouves-tu notre village ? Il te plaît ?

— Pour être franc...

— Oui, je sais, le coupa le pharmacien. Il faut un peu de temps pour s'y habituer. Nous sommes des gens simples, à la campagne. Nous ne sommes pas expansifs comme les citadins. Mais tu t'intégreras bientôt, j'en suis sûr. Très bientôt, ajouta-t-il en sortant un paquet enveloppé de papier brun. Voilà pour Mme Crow. Explique-lui que j'ai préparé la pommade exactement selon ses instructions. Et dis-lui aussi que j'ai fait pousser l'aconit chez moi. Tu te rappelleras ?

— L'aconit a poussé chez vous, répéta Martin en écho.

— Très bien. Rends-moi visite de temps en temps, jeune homme. C'est un plaisir de rencontrer un visage nouveau. Oui, un réel plaisir ! »

Martin quitta la pharmacie en serrant le petit paquet sous son bras et rebroussa chemin vers l'endroit où il avait laissé sa bicyclette. La bicyclette était à sa place, mais elle n'était pas seule. Un homme grand et blond se tenait à côté. À l'approche de Martin, il jeta un coup d'œil furtif dans la rue. Il n'y avait personne en vue et l'homme parut rassuré.

Sans un mot, Martin rangea le paquet dans la sacoche du porte-bagages.

« Tu es Martin Hopkins, n'est-ce pas ? questionna l'inconnu à voix basse, comme s'il craignait d'être entendu.

— C'est mon nom, en effet, acquiesca Martin en enfourchant sa bicyclette.

— Tu es donc si pressé ? l'arrêta l'homme en lui agrippant le bras.

— Je dois rapporter un paquet à Mme Crow. Elle m'attend.

— Où sont tes parents ?

— Cela ne vous regarde pas.

— Désolé, s'excusa l'inconnu en ôtant sa main. Je ne voulais pas te contrarier. Écoute-moi, tu dois absolument partir d'ici, Martin. Quitte la région au plus vite, ajouta-t-il d'une voix pressante sans cesser de surveiller la rue.

— Mais enfin, que se passe-t-il dans ce village ? s'écria Martin. Que voulez-vous dire ? Pourquoi tant de mystères ? J'ai l'impression d'avoir pénétré dans un asile de fous !

— Tu n'es pas loin de la vérité, ricana l'inconnu. Normalement je ne devrais pas t'adresser la parole mais il faut bien que je tente quelque chose... Les gens sont tous... fous, par ici. Fais ce que je te dis : échappe-toi tant que tu le peux encore ! »

Sur cet ultime avertissement, l'homme s'enfuit en courant sans un regard derrière lui.

Martin enfourcha son vélo et quitta le village. Devant, la forêt attendait, sombre et imposante.

# 5

# L'ÉGLISE

Il se tenait sur la crête d'un piton rocheux. Loin en dessous de lui, les vagues roulaient, se brisaient, épaisses et écumeuses. Le vent hurlait, le tonnerre grondait, des éclairs zébraient le ciel. Mais c'était des éclairs noirs, et non blancs, aussi noirs que les rocs acérés sur lesquels venaient se fracasser les vagues.

Au loin, il distinguait quatre garçons de son âge, debout sur une plage grise et déserte, qui l'attendaient. Il savait qu'il devait les rejoindre, mais les flots le retenaient prisonnier sur son piton rocheux. La tempête enflait. Une chose noire et terrifiante émergeait des flots et s'avançait vers lui. Les quatre garçons le suppliaient de les rejoindre mais, pour eux aussi, le temps était compté car la mer sombre les rattrapait inexorablement, l'eau déjà léchait leurs chevilles...

« Je viens ! » hurla-t-il.

Il avança d'un pas. En bas, les vagues se fracassaient contre les rochers. Il trébucha sur une pierre branlante, perdit l'équilibre et plongea dans la nuit, vers la nuit plus profonde encore de la mer infinie.

Martin se réveilla en sursaut. Encore ce rêve qu'il connaissait trop bien. Il avait troublé son sommeil pendant plus de nuits qu'il ne pouvait en compter. Toujours le même rêve, à deux détails près. Chaque fois, en effet, la forme qu'il percevait se précisait un peu plus. Et, chaque fois, il se réveillait un peu plus tard dans la chute. Un jour, il ne se réveillerait peut-être pas à temps. Un jour, la mer cauchemardesque l'engloutirait.

Il somnolait, assis devant le feu de cheminée, dans le salon de la ferme. Un peu plus loin, Elvira Crow et sa sœur, Mlle Kite, jouaient au *Scrabble*, tandis que le chat Asmodeus dormait sur la carpette, juste devant l'âtre.

« Culotte ne s'écrit pas ainsi, déclara sèchement Mlle Kite en balayant les lettres d'un revers de main. Il faut deux T.

— Je n'ai qu'un seul T, se lamenta Elvira.

— Dans ce cas, tu ne peux écrire culotte. Trouve un autre mot.

— Voyons... CUL, ça va ?

— Pas de vulgarité, je te prie, Elvira, se fâcha Mlle Kite. Les mots vulgaires salissent la bouche. Tu ferais bien d'aller te gargariser avec un peu de gin ! Et rapporte-m'en un verre par la même occasion.

— Je déteste le *Scrabble* ! » pesta Elvira en se levant.

Dans le mouvement, plusieurs lettres tombèrent de sa manche.

Cette scène se déroulait le lendemain de la visite de Martin à Lesser Malling. Depuis son retour, Elvira ne le quittait pas d'un pas (plus exactement, elle lui interdisait de s'éloigner d'elle). Il avait donc dû l'accompagner pour traire les vaches et nourrir les cochons ; elle lui avait préparé son repas et tenu compagnie pendant qu'il mangeait, et elle n'avait cessé, tout au long de l'après-midi, de passer la tête par l'entrebâillement de la porte sous prétexte de s'assurer qu'il allait bien.

Pourtant Martin n'était pas dupe de toutes ces attentions. Il était certain que cette femme feignait la cordialité et que, en réalité, elle obéissait à des ordres. Mais aux ordres de qui ?

Un événement le laissait songeur. En accompagnant Elvira pour ramasser les œufs, un poulet particulièrement dodu, beaucoup plus en tout cas que ses congénères, avait attiré son attention.

« Je l'ai surnommé Martin, avait ricané Elvira.

— Merci.

— C'est une bonne petite bête, il faut être gentil avec lui. Donne-lui encore du grain.

— Et les autres ?

— Non, seulement à lui. Je le veux gras à souhait.

— Pourquoi ?

— Parce que, demain, on lui tord le cou... »

Elvira revint au salon avec la bouteille de gin et les deux sœurs avalèrent deux copieuses mesures d'une seule rasade. Dans la cheminée, une bûche craqua. La pendule sonna vingt-deux heures trente.

« Il est temps de partir, annonça Mlle Kite.

— Où allez-vous ? sursauta Martin.

— Ce ne sont pas tes affaires, rétorqua sèchement la maîtresse d'école. Les enfants ne posent pas de questions...

— Du calme, du calme, l'apaisa Elvira. À quoi bon s'énerver ?

— Mais enfin, Elvi... »

Le regard foudroyant de sa sœur l'arrêta net.

« Ne t'inquiète pas, mon chou, susurra Elvira en se tournant vers Martin. Edna et moi allons tout simplement au village, à l'église.

— À cette heure ?

— Nous assistons toujours à l'office du samedi soir. Monte vite te coucher et ne crains rien. Un grand garçon comme toi n'a pas peur de rester seul, n'est-ce pas ?

— Non, bien sûr.

« — Parfait. Alors va vite dormir, Martin. Nous nous verrons demain matin.

— Bonne nuit, marmonna Martin en se dirigeant vers la porte.

— Comment ! Tu n'embrasses pas ta tante Elvira ? » lança-t-elle d'un ton faussement chagriné.

Martin hésita sur le seuil puis, serrant les poings, il sortit de la pièce et claqua la porte derrière lui.

Peu après, il assistait à leur départ de sa fenêtre. Les deux sœurs s'engouffrèrent dans la voiture que Gangree venait d'avancer, et la vieille Ford s'éloigna en cahotant sur le chemin. Les phares illuminèrent un instant la lisière de la forêt avant de virer sur la route pour disparaître dans la nuit. Tout à coup, un calme impressionnant s'abattit sur la ferme. Les bêtes dormaient. Seul le ululement d'une chouette, au loin, troublait le silence.

Martin se glissa rapidement dans son lit, mais il ne trouva pas le sommeil. Il essaya de lire, mais se révéla incapable de concentrer son attention sur les mots. Il songea à *écrire*, mais se rappela très vite qu'il ne connaissait personne à qui adresser sa lettre. Il se retourna dans son lit dans l'espoir de trouver une position confortable, mais cela aussi était impossible, car la moitié des ressorts manquait.

Totalement exaspéré, il entendit soudain un bruit. Un imperceptible murmure bercé par le silence de la nuit, qui semblait provenir de la forêt et glisser sur la cime argentée des arbres. D'abord,

Martin crut au bruissement du vent dans les feuillages. Or il n'y avait pas un souffle de vent, cette nuit-là. Ensuite, il distingua deux sons : une sorte de léger bourdonnement électronique s'élevait derrière les murmures. Ces derniers s'arrêtaient, recommençaient, mais le bourdonnement, lui, restait constant.

Martin sentit ses cheveux se dresser sur sa tête. Bien qu'éloignés, ces bruits avaient quelque chose de terrifiant car ils semblaient naître dans la chambre elle-même. C'était comme si une créature invisible se tapissait sous le lit et lui chuchotait à l'oreille des mots incompréhensibles. Pire encore : sans même déterminer l'origine de ces sons, Martin pressentait qu'ils cachaient une chose maléfique et redoutable.

Il sauta de son lit pour s'approcher de la fenêtre. La lune glissa derrière un nuage et, pendant un instant, tout devint noir. Tout... sauf une vague lueur, dans la forêt, qui perçait à peine le sous-bois. Apparemment, il s'agissait plutôt d'une lumière électrique que celle d'un feu, et elle semblait provenir de la même source que le bruit.

Martin avait beau se répéter qu'il n'y avait là rien d'effrayant, la peur s'insinuait en lui. La veille, au village, l'homme l'avait averti d'un *danger*. Cette nuit, sans pouvoir l'identifier, il *pressentit* ce *danger*, tout comme un animal sauvage *pressent* un incendie de forêt longtemps avant d'en apercevoir la première flamme.

Il s'habilla à la hâte. Puisque Elvira se trouvait à l'église de Lesser Malling, il l'y rejoindrait. Tout, plutôt que rester seul une minute de plus.

Dehors, les murmures semblaient non seulement plus intenses mais plus proches. Les sons virevoltaient autour de lui tandis qu'il sortait la bicyclette de la grange, le frôlaient, se faufilaient dans les recoins de la ferme, s'enroulaient autour des piquets des enclos. Ils le poursuivirent sur le chemin où il s'élança en pédalant vigoureusement, jaillissant des buissons sur son passage. Très curieusement, ces murmures avaient une résonance à la fois humaine et surnaturelle.

Martin atteignit l'extrémité du chemin. La lumière était plus profondément enfoncée dans la forêt qu'il ne l'avait d'abord cru, et pourtant elle déployait ses rayons jusqu'à la route. Les troncs des arbres se profilaient en ombres chinoises, comme les barreaux d'une prison. Les hautes branches projetaient des formes bizarres sur la chaussée. Et les feuilles bruissaient : « Viens ! Viens ! Entre dans la forêt », chuchotaient-elles.

Une brume fantomatique s'enroulait autour des arbres et s'étirait sur la route. Martin avait la sensation d'être aspiré par la forêt. Il en détourna fermement les yeux et appuya furieusement sur ses pédales. Plus vite, encore plus vite. Il menait la course. Les bruits finirent par céder du terrain, et abandonner. Bientôt il reconnut les premières maisons de Lesser Malling, dévala la grand-rue, dépassa le pub, la pharmacie, et arriva enfin devant l'église. Il jeta la bicyclette contre la clôture, arracha la torche du guidon et braqua le faisceau sur les alentours. La taverne de *La Tête du Roi* était fermée, la rue silencieuse. Sur un côté de l'église, on discernait les pierres tombales émergeant des hautes herbes du cimetière. Heureusement, devant lui, scintillait la lueur accueillante des vitraux de l'église. Martin reconnut avec plaisir le craquement caractéristique des bancs, lorsque les fidèles se levèrent, et la respiration bruyante de l'orgue attaquant les premières mesures d'un cantique.

Il éteignit sa torche, avança jusqu'à la porte, mais hésita à tourner la lourde poignée de fer. Pourquoi avait-il cédé à cette impulsion irraisonnée ? N'allait-il pas se couvrir de ridicule en faisant irruption dans l'église en plein service ? Quel prétexte inventer ? Qu'allaient penser les villageois ?

> *« Le riche dans son château,*
> *Le pauvre devant la porte,*
> *Dieu les a créés, puissants ou misérables,*
> *Et choisi leur condition. »*

Les fidèles trouvèrent un regain d'ardeur en chantant le cantique, et les paroles balayèrent l'indécision de Martin. On ne pouvait trouver image plus juste :

nul doute qu'il était le pauvre devant la porte ! Inutile de chercher un prétexte pour entrer dans l'église. Il lui suffisait de pousser la porte et de se joindre à l'assemblée des fidèles. Personne ne le remarquerait.

Martin tourna hardiment la poignée, avança d'un pas décidé... et se figea.

L'église était déserte. La musique et les lumières s'éteignirent presque aussitôt, mais il en avait assez vu. Non seulement l'église était vide, mais personne n'y avait pénétré depuis une éternité ! Les bancs de bois étaient pourris et délabrés. Une épaisse couche de poussière recouvrait le sol. De gigantesques toiles d'araignée se tissaient dans chaque recoin. La plupart des vitraux étaient ébréchés. L'orgue, qui jouait encore un instant plus tôt, n'était qu'un amas de bois et de tuyaux tordus. Les statues des bas-côtés étaient en miettes ou bien défigurées.

Martin resta là, cloué sur place. Derrière lui, la porte grinça, puis se ferma avec un claquement sec qui se répercuta sous la voûte.

Ce fut ce bruit qui le tira de sa torpeur. D'une main un peu tremblante, il parvint à rallumer sa torche électrique. Le faisceau cru troua l'obscurité et accrocha le visage fracassé d'un ange de pierre. Le nez et un morceau du menton manquaient. Une araignée boursouflée, surprise par la lumière, surgit d'une orbite oculaire.

Martin abaissa sa torche vers la porte et chercha

fébrilement la poignée. Le battant s'ouvrit avec un grincement sinistre.

Une mauvaise farce, une supercherie, un coup monté, rien d'autre. Mais il n'avait pas la moindre envie de s'attarder pour en découvrir les ficelles !

# 6

# OMEGA UN

« Hier soir, il est entré dans l'église, annonça Elvira.

— Comment pouvez-vous affirmer qu'il s'agissait de votre pensionnaire ?

— Qui d'autre cela pourrait-il être ?

— Il a été effrayé ?

— Non, c'est bien le plus étrange. N'importe qui serait mort de peur. Lui, il n'y a même pas fait allusion. Et ça ne me plaît pas. »

Mme Crow était assise dans son salon et parlait au téléphone. Il y eut un long silence pendant lequel son correspondant pesa la question.

« À votre avis, il se doute de quelque chose ? demanda-t-il enfin.

— Je ne crois pas, répondit Elvira. J'ignore ce qui

lui passe par la tête, mais je suis certaine d'une chose : ce gamin est bizarre. Je ne saurais pas dire pourquoi, pourtant je le sens. Il n'est pas comme les autres.

— Que fait-il, en ce moment ?

— Il se promène. Écoutez... Pourquoi ne pas l'enfermer jusqu'au moment voulu ? Ce serait plus facile, non ?

— Plus facile, mais plus risqué. Les autorités peuvent vous rendre une visite surprise pour s'assurer que sa nourrice adorée veille bien sur lui, remarqua l'homme d'une voix grinçante. Imaginez l'impression défavorable que vous donnerez de votre dévouement, si on découvre votre protégé enfermé à la cave !

— Et que se passera-t-il si les services sociaux viennent le chercher après... après...

— Il sera trop tard. »

Il y eut un déclic au bout de la ligne et Mme Crow raccrocha le téléphone. Puis elle se tourna vers Asmodeus qui se prélassait sur l'accoudoir d'un fauteuil.

« Asmodeus ! Viens, mon beau, viens, susurra-t-elle. Il est temps de surveiller de près le jeune Martin. De très très près. »

Le chat cligna des yeux, sauta au bas de son perchoir puis gagna d'un bond l'appui de fenêtre. Elvira le vit ensuite traverser la cour et remonter le chemin de sa démarche souple. Un léger sourire se dessina sur ses lèvres minces, pourtant quelque chose la troublait.

« Nous le surveillerons, murmura-t-elle. Il ne nous échappera pas. »

Pendant ce temps, Martin longeait la lisière de la forêt en scrutant le feuillage touffu. Cela faisait maintenant dix minutes qu'il marchait de long en large, indécis.

Tout à coup, il respira profondément et franchit le talus pour s'enfoncer droit devant lui dans le sous-bois en comptant vingt pas. L'effet était extraordinaire. Comme de traverser un miroir. Sur la route, le soleil brillait, l'air était doux, on entendait le gazouillis rassurant des oiseaux et le meuglement d'une vache. Dans la forêt, il faisait froid et sombre, et tout était silencieux, car l'épaisse moquette de mousse absorbait le moindre bruit.

Martin regrettait déjà son impulsion. Il aurait au moins pu se munir d'une carte ou d'une boussole ! Il tourna les talons et compta à rebours les vingt pas qu'il avait franchis.

« Scize... dix-sept... dix-huit... dix-neuf... »

Rien. Plus de route. Saisi d'une angoisse subite, il compta dix autres pas, sans plus de succès, et renouvela la manœuvre en diagonale. Mais la forêt était traîtresse. Quand il finit par s'arrêter, à bout de souffle, il était encore plus profondément enfoncé dans le sous-bois qu'au début.

Peut-être le bruit d'une voiture allait-il le remettre dans la bonne direction ? Il se figea, l'oreille aux aguets, mais aucun moteur ne se fit entendre. Le silence était épais comme le brouillard.

« Eh bien, tu as gagné ! » se murmura-t-il à lui-même, soulagé d'entendre sa propre voix, bien qu'elle fût elle aussi étouffée par l'oppressante végétation. Martin reprit sa progression en essayant d'oublier qu'il risquait de tourner en rond jusqu'à ce qu'il meure de faim, de froid ou d'épuisement.

« Si je suis encore là cette nuit, l'étoile polaire me servira de repère », dit-il à haute voix pour s'encourager.

Mais comment verrait-il l'étoile polaire alors que les arbres laissaient à peine distinguer le ciel ?

À chaque pas, la forêt devenait plus dense, plus inextricable. Au bout d'un temps qu'il évalua à une heure, Martin marqua une pause. Il était en sueur. La végétation l'étouffait.

Il avait perdu tout sens de l'orientation. Les arbres se ressemblaient tous, et il n'y avait pas trace de sentier.

« En continuant, je finirai bien par aboutir quelque part, soupira-t-il. La forêt a forcément une limite. »

À cet instant, un éclair argenté tout à fait inattendu dans une telle masse vert sombre attira son attention. Un rayon de soleil avait réussi à percer les feuillages et faisait miroiter quelque chose non loin de là, derrière une rangée d'arbres.

Oubliant sa fatigue, Martin pressa le pas. Mais il n'y avait pas d'issue. L'éclat argenté provenait d'une palissade grillagée haute de trois mètres et hérissée de pointes de fer acérées.

Derrière la palissade : une clairière, et au milieu de la clairière : un vaste bâtiment dont la façade se tachait de moisissures. Le bâtiment se composait en réalité de deux constructions distinctes reliées par un couloir. L'une, plus longue que haute, ressemblait à un banal immeuble de bureaux, avec ses quatre étages de fenêtres courant le long de la façade. L'autre, beaucoup plus grande, était une sphère semblable à un observatoire, sinon qu'aucun télescope ne dépassait du dôme. Totalement dépourvu d'ouvertures, portes ou fenêtres, l'édifice évoquait un énorme ballon de ciment surgissant du sol.

Martin tourna à droite pour longer la palissade et découvrit bientôt un trou dans le grillage rouillé. L'ouverture était juste assez grande pour lui permettre de se faufiler mais il renonça à s'y aventurer.

Il était tard et le jour tombait.

L'entrée principale se trouvait un peu plus loin : un portail à deux battants fermés par une lourde chaîne cadenassée. Une pancarte à la peinture rouge défraîchie était clouée sur l'un des panneaux :

*OMEGA UN*
*Propriété d'État*
*Interdiction d'entrer*
*sous peine de poursuites*

« Omega Un..., murmura pensivement Martin. Je me demande ce que cela peut être.

— Une centrale », répondit une voix derrière lui.

Il y eut un bruissement dans les fourrés et un homme surgit, armé d'une carabine de chasse. Martin vit d'abord le canon pointé droit sur lui, puis reconnut l'homme blond au visage buriné et au regard anxieux qui l'avait mis en garde deux jours plus tôt.

« Que fais-tu ici ? lança l'homme.

— Je me suis perdu, avoua Martin. Je cherchais quelque chose et...

— Que cherchais-tu ?

— Hier soir, j'ai aperçu des lumières dans la forêt. Ça m'a intrigué et...

— Des lumières, tu es sûr ?

— Certain. Et j'ai aussi entendu des bruits bizarres. Je vous en prie, monsieur, expliquez-moi ce qui se passe. Vous devez savoir quelque chose puisque vous m'avez conseillé de partir.

— Pourquoi n'as-tu pas suivi mon conseil ?

— Je n'ai aucun endroit où aller, lui avoua Martin. Mais là n'est pas la question. De quel danger vouliez-vous m'avertir ? Je veux le savoir. Et, d'abord, qui êtes-vous ?

— Je m'appelle Tom Burgess. Je possède une ferme, à Birchwood, sur la route de Greater Malling.

— Et que faites-vous dans la forêt, armé d'une carabine ? Vous gardez la centrale ?

— Non, je chasse. Les bois pullulent de renards qui

viennent égorger mes poules pendant la nuit. Je viens en éliminer quelques-uns, expliqua l'homme en tapotant la crosse de son fusil.

— Je n'ai entendu aucun coup de feu, observa Martin.

— Je n'ai rencontré aucun renard.

— C'est une curieuse centrale électrique, n'est-ce pas ? reprit Martin en se tournant vers les bâtiments.

— Nucléaire, grommela Tom Burgess.

— Pardon ?

— C'est une centrale nucléaire. Tu sais ce que c'est, je suppose ?

— Vaguement. Elle fonctionne encore ?

— Non, répondit Burgess en haussant les épaules. L'État l'a fait construire dans les années cinquante, à l'époque où l'on cherchait à développer de nouvelles sources d'énergie. Omega Un était une base expérimentale. Une fois les expériences terminées, on l'a désaffectée. Il y a des années qu'elle est fermée.

— Comme l'église, je suppose, murmura Martin.

— Pardon ?

— Hier soir, monsieur Burgess, j'ai aperçu des lumières et entendu des bruits qui ressemblaient à des murmures, reprit Martin.

— Il me semble que tu vois et entends des choses que tu ne devrais pas, grommela Tom Burgess.

— Et moi, il me semble que vous me cachez des informations que vous devriez me communiquer », rétorqua Martin.

Le fermier fronça les sourcils. Se rappelant la nervosité qu'il avait manifestée au village, Martin tenta une autre approche.

« Écoutez-moi, monsieur Burgess, poursuivit-il d'une voix convaincante. Vous m'avez averti d'un danger et conseillé de m'enfuir. Mais je ne peux pas fuir sans savoir ce que je fuis ! Pourquoi refusez-vous de m'expliquer ce que vous savez ? Ici, nous sommes en sécurité, personne ne peut nous entendre. »

Tom Burgess hochait la tête. Manifestement, il brûlait d'envie de se confier. Pourtant, aussi robuste fût-il, et armé, la peur était la plus forte.

« De toute façon, tu ne comprendrais pas, soupira-t-il enfin.

— Je n'ai certainement aucune chance de comprendre si vous ne me dites rien !

— Je suis venu pour la première fois dans cet... endroit, il y a un an. Si j'avais eu la moindre idée de...

— De quoi, monsieur Burgess ?

— De cette réaction en chaîne. De leurs projets...

— À la suite de la fermeture de la centrale ?

— Non, non !

— Quels projets, monsieur Burgess ? Expliquez-vous ! »

À cet instant, il y eut un bruissement de feuilles, suivi d'un grognement animal. Martin scruta les fourrés et aperçut un chat, les babines retroussées sur ses crocs, les yeux luisants. Ce n'était pas n'importe quel chat. Un œil bleu, un œil jaune. Asmodeus !

« Tout va bien, soupira Martin immédiatement détendu. Ce n'est que le chat d'Elvira. Il a dû me suivre jusqu'ici. »

Mais le fermier, au lieu de se détendre, était devenu livide. D'un geste vif, il épaula sa carabine et vida son chargeur avant que Martin ait pu réagir. Le chat n'avait aucune chance. Les balles le frappèrent en plein flanc et son corps fut projeté dans les buissons.

« Pourquoi avez-vous tiré ? cria Martin. Ce n'était pas un renard, mais un simple chat domestique !

— Un chat domestique, vraiment ! gronda le fermier. Je le connais, c'est Asmodeus, le chat d'Elvira Crow.

— Et alors ?

— Nous ne pouvons pas discuter ici. Pas maintenant.

— Pourquoi ?

— Tu ne comprendrais pas, répliqua Tom Burgess dont le visage était toujours aussi pâle. Viens chez moi demain matin. À dix heures. Birchwood, tu trouveras le chemin ?

— Je trouverai, lui assura Martin.

— Viens seul, et ne laisse personne te suivre. Nous parlerons, ensuite tu pourras m'accompagner.

— Mais...

— C'est trop dangereux ici, le coupa Burgess. Pour toi comme pour moi. Nous partirons ensemble dès demain.

— Attendez ! cria Martin en le voyant s'éloigner à

grands pas. Je ne sais même pas comment sortir de la forêt !

— Regarde sous tes pieds. Tu marches sur la route », répondit-il avant de s'enfoncer dans le sous-bois.

Martin baissa les yeux. En effet, il marchait sur une route, mais tellement envahie par la végétation qu'on pouvait aisément passer à côté sans la remarquer. La terre avait recouvert le macadam, des broussailles y avaient poussé, des racines l'avaient défoncée de toutes parts.

Malgré cela le tracé subsistait et il suffit à Martin de le suivre pour sortir de la forêt. Une demi-heure plus tard, il retrouvait le chemin cahoteux d'Hellibore Hall. Il était six heures.

Il brossa hâtivement ses vêtements et se dirigea d'un pas décidé vers la maison. Mais il se figea subitement, la main sur la poignée de la porte.

Asmodeus le fixait de ses yeux pers, installé à sa place habituelle sur l'appui de fenêtre. Incroyable ! Asmodeus était vivant. Non seulement vivant mais il ne portait pas la moindre égratignure !

# 7

# FRAYEUR MORTELLE

Dans la ferme de Birchwood, tout était impeccable, *immaculé* : de l'allée bordée de fleurs menant à la maison d'habitation, jusqu'aux granges et aux étables parfaitement ordonnées, construites près d'un étang pittoresque. Sous le soleil matinal, un cygne glissait à la surface, une famille de canards se dandinait sur la berge, et une vache surveillait la scène de son enclos, en mastiquant d'un air béat.

La ferme avait été tout récemment restaurée. La façade de briques était d'un blanc étincelant, les volets marron foncé, les portes laquées de noir. Le toit de chaume devait encore être en réparation car une bâche en couvrait une partie. Une rose des vents et une girouette en bronze se dressaient sur le faîte.

Martin abandonna son vélo contre un arbre et traversa la cour jusqu'à la porte d'entrée de la maison. Il était dix heures précises. Il tira la chaînette de la cloche qui pendait sous le porche, patienta quelques secondes, puis tira à nouveau. Pas de réponse. Tom Burgess n'avait certainement pas oublié leur rendez-vous. Il devait probablement travailler à proximité et n'avait pas entendu la sonnette.

Martin se dirigea à tout hasard vers la grange. Un tracteur aux roues crottées de boue, tout un assortiment d'outils soigneusement rangés sur des étagères, des pots de peinture et des pinceaux, une pile de sacs et quelques ballots de foin, mais pas de Tom Burgess. Une odeur douceâtre imprégnait l'air.

« Monsieur Burgess ? » appela Martin.

Silence. Martin s'assit sur un seau renversé et attendit patiemment. Cinq minutes s'écoulèrent ainsi, sans un bruit, sans un mouvement, et le doute commença à s'insinuer en lui. La veille, Tom Burgess avait fait allusion à son départ. Peut-être la peur l'avait-elle poussé à précipiter les choses ? L'espace d'un instant, Martin fut tenté de l'imiter. Après tout, les mystères de Lesser Malling pouvaient se résoudre sans lui ! Il lui suffisait de rentrer à Londres en stop, de contacter les employés de l'Assistance publique qui l'avaient envoyé chez Mme Crow et de tout leur raconter.

Mais cette perspective lui déplut aussitôt. Personne ne l'effrayait et la fuite n'arrangerait rien. Le destin l'avait conduit ici pour le meilleur et pour le pire, et il y resterait jusqu'à ce que tout soit éclairci. Il se passerait de Tom Burgess.

Animé d'une détermination nouvelle, Martin se dirigea à nouveau vers la maison et tira la chaînette si fort que la cloche faillit se décrocher. Toujours pas de réponse. Il posa distraitement la main sur la poignée et la porte s'ouvrit. Un peu surpris et embarrassé, il passa la tête par l'entrebâillement.

« Monsieur Burgess ? » appela-t-il sans oser élever la voix.

Il marqua un léger temps d'hésitation puis se décida à entrer. La porte ouvrait directement sur la pièce de séjour. Une large cheminée encadrée de chenets en bronze occupait tout un côté. Visiblement, un feu y avait brûlé pendant la nuit. Les cendres étaient éparpillées dans l'âtre. Détail minime, sans doute, mais qui ne cadrait pas avec le reste. En effet, tout était impeccable : le dallage lessivé, les étagères rangées, et les meubles cirés. Pourquoi n'avait-on pas nettoyé les cendres de la cheminée ?

Maintenant qu'il se trouvait dans la place, Martin se sentait moins coupable de son intrusion. Il inspecta la pièce puis passa dans la cuisine. Un ragoût de lapin mijotait sur la cuisinière et un couvert était dressé sur la table, à côté d'une bouteille de cidre non débouchée.

Le rez-de-chaussée comptait une troisième pièce, manifestement peu habitée car des draps couvraient tous les meubles pour les protéger de la poussière.

Martin découvrit un bureau en acajou dont il inspecta les tiroirs : certains contenaient des papiers qui ne concernaient en rien l'agriculture, les autres étaient vides.

Restait le premier étage. On y accédait par un escalier en colimaçon qui partait du bureau. Instinctivement, Martin s'y engagea sur la pointe des pieds, le dos plaqué à la paroi, en jetant de fréquents coups d'œil en arrière. Si jamais quelqu'un le surprenait, il pourrait toujours prétendre qu'il croyait Tom endormi et montait le réveiller. L'escalier débouchait sur un palier desservi par trois portes. Doucement, Martin ouvrit celle du milieu.

C'était une chambre à coucher, mais qu'un typhon semblait avoir dévastée. Les draps étaient jetés en désordre sur le tapis, les rideaux arrachés de leurs tringles, un carreau de la fenêtre brisé, une étagère s'était décrochée du mur et les livres qu'elle portait étaient éparpillés sur le plancher. La table de nuit gisait sur un côté, la lampe de chevet renversée et le réveil cassé en mille morceaux. La penderie béait, tous les vêtements arrachés de leurs cintres et entassés pêle-mêle dans un coin. Pire : deux pots de peinture verte étaient répandus dessus.

Puis Martin aperçut Tom Burgess.

Le fermier gisait sur son lit, à demi dissimulé sous une couverture. Il ne dormait pas. Il était mort. Son visage grimaçant était d'une blancheur crayeuse, ses yeux exorbités. Ses mains raidies se tordaient dans un

geste de défense désespéré. L'une d'elles était engluée de peinture verte. Ses jambes formaient un angle anormal et l'un de ses pieds, déchaussé, pointait bizarrement en l'air.

Martin contemplait le cadavre avec une sorte de fascination horrifiée. Il se ressaisit et parvint enfin à en détourner les yeux. C'est alors qu'il aperçut l'inscription en lettres vertes, peinte sur le mur à côté de la porte. De sa main enduite de peinture, le fermier avait tenu à laisser ce message avant de rendre son dernier souffle.

## LA PORTE DU DIABLE

Martin se rappelait avoir remarqué un téléphone dans la salle de séjour, près de la cheminée. Il se rua hors de la pièce et dévala l'escalier en courant pour appeler la police. Impossible : la ligne avait été coupée.

Il lâcha le récepteur et sortit de la maison comme un fou. Il courut pendant deux kilomètres, jusqu'à ce qu'il s'écroule, à bout de forces, sur un talus d'herbe. Combien de temps il demeura ainsi, prostré, impossible de le dire. Mais les battements désordonnés de son cœur finirent par reprendre un rythme normal et sa respiration s'apaisa.

« Mon Dieu, murmura-t-il en se redressant. Que dois-je faire, maintenant ? »

Le bruit d'une voiture qui approchait répondit à sa question. C'était une voiture bleue, avec un signal lumineux fixé sur le toit. Martin remercia le Ciel. Une voiture de police roulait miraculeusement à sa rencontre. Il se posta au milieu de la chaussée et leva les bras. La voiture s'arrêta. Deux policiers en descendirent.

« Des ennuis, jeune homme ? questionna le premier, un homme corpulent et barbu.

— Tu t'es égaré ? » renchérit son collègue avec un sourire.

Celui-là était plus jeune, rasé de frais, et mince.

« Il y a eu un meurtre, expliqua Martin.

— Un meurtre ? sursauta le premier policier en levant un sourcil.

— Tom Burgess, à Birchwood. Il est mort.

— Et comment le sais-tu ? demanda le plus jeune.

— J'en arrive. »

Les deux hommes dévisagèrent Martin un long moment.

« Nous venons juste de dépasser Birchwood, remarqua le barbu.

— Retournons jeter un coup d'œil, suggéra son collègue.

— Et le garçon ?

— Emmenons-le avec nous.

— Brillante idée ! » marmonna Martin en les suivant dans la voiture.

Ils effectuèrent un demi-tour au milieu de la route et rebroussèrent chemin vers Birchwood. Lorsque la voiture de police s'arrêta dans la cour, Martin descendit le premier et se figea, bouche bée. Une seconde voiture était garée devant la maison : une Land Rover qui n'était pas là une heure plus tôt.

« Quelqu'un nous a précédés », fit-il observer.

Mais les policiers ignorèrent sa remarque.

« Tout semble normal, marmonna le plus jeune.

— Entrons, la porte est ouverte, leur suggéra Martin.

— Elle était peut-être ouverte tout à l'heure mais, maintenant, elle est fermée, rétorqua le barbu en tournant la poignée. Essayons de sonner. »

Presque aussitôt, la porte s'ouvrit devant une femme que Martin reconnut du premier coup d'œil. C'était la femme au landau, la première personne à lui avoir adressé la parole à Lesser Malling. En découvrant les deux policiers, elle s'essuya les mains sur son tablier et plissa les yeux.

« Grand dieux, mais c'est la police ! s'exclama-t-elle d'une voix aiguë. Ne me dites pas que mon Tom est encore allé se fourrer dans les embêtements !

— Madame Burgess ? questionna le policier barbu avec une moue indécise.

— Bien sûr, je suis Mme Burgess ! De quoi s'agit-il ?

— Eh bien... c'est assez délicat à expliquer... Nous venons de croiser ce jeune homme sur la route et...

— Mais c'est Martin ! Comment vas-tu, Martin ? Tu as des ennuis ?

— Ce jeune garçon, poursuivit le policier, semble

croire que c'est votre mari qui a... heu... des ennuis. Selon lui, Tom Burgess serait... malade.

— Très malade même, renchérit son jeune collègue.

— Tom malade ? s'écria la femme avec un grand rire. Impossible, messieurs. Tom était avec moi il y a dix minutes à peine. Vous l'avez manqué de peu. Il est allé surveiller les moutons, de l'autre côté de la colline, et je vous assure qu'il est en pleine forme !

— C'est faux ! protesta Martin.

— Ne dis pas n'importe quoi, Martin. Ta plaisanterie n'est pas drôle. Mon Tom malade ? Jamais de la vie !

— Elle ment ! insista Martin en se tournant vers les policiers. D'ailleurs, je suis certain qu'elle n'est pas Mme Burgess. Je vous le répète, Tom Burgess est mort ! On l'a assassiné.

— Maintenant ça suffit, Martin ! se fâcha la femme. Tom est un amour. Qui aurait envie de le tuer ?

— Croyez-moi, je vous en prie, implora Martin. Le corps de Tom Burgess est au premier étage. Sa chambre a été dévastée. Il est mort, je l'ai vu !

— Franchement, messieurs, je ne comprends rien à cette histoire, soupira la prétendue Mme Burgess. La chambre est en désordre, je l'admets, mais c'est à cause des travaux de peinture. Quant à prétendre que mon Tom est... Mon Dieu, c'est terrible...

— Son corps est là-haut ! cria Martin.

— Je n'en supporterai pas davantage ! s'emporta

Mme Burgess, rouge d'indignation. Montez vérifier par vous-mêmes, messieurs, je vous en prie.

— Très bien, nous allons monter jeter un coup d'œil, décida le policier barbu avec un sourire d'excuse. Si vous le permettez, madame...

— Faites votre devoir, messieurs, les encouragea la femme en s'effaçant pour les laisser entrer. Quant à toi, Martin, sache que je ne trouve pas la plaisanterie amusante ! »

Martin l'ignora et indiqua l'escalier aux policiers.

« C'est la porte du milieu », précisa-t-il en grimpant derrière eux.

Les deux hommes durent baisser la tête pour éviter de se cogner. Arrivés sur le palier, ils hésitèrent un instant avant de pousser la porte. Martin se faufila entre eux.

Un homme se trouvait dans la chambre, mais ce n'était pas Tom Burgess et il n'était pas mort. Et le désordre qui régnait dans la pièce n'avait aucune commune mesure avec le carnage qu'avait découvert Martin précédemment. L'homme portait la cotte blanche traditionnelle des peintres en bâtiment, tachée de peinture verte. Les draps ne jonchaient plus le sol, le lit avait été relevé contre un mur. Vêtements, rideaux, livres avaient disparu. La table de nuit était redressée, la lampe à sa place, l'étagère fixée au mur et le tapis roulé dans un coin. Et, bien entendu, le cadavre de Tom Burgess s'était volatilisé.

« Il avait laissé un message ! » s'exclama soudain Martin en se retournant.

Mais le mur, autrefois jaune, était maintenant aux trois quarts recouvert de peinture verte. Avec un sourire, l'artisan rattrapa une coulée disgracieuse.

« Qui êtes-vous ? questionna le jeune policier.

— Je m'appelle Ken Rampton. Inutile de préciser que je suis peintre. Tom m'a commandé un petit travail.

— Avez-vous vu M. Burgess, récemment ?

— Il y a à peine un quart d'heure. Il est monté me dire bonjour.

— Il était... en bonne santé ?

— Tom ? Jamais je ne l'ai vu malade ! Pourquoi ? Il a eu un accident ?

— Non, rien, rien du tout.

— Alors pourquoi toutes ces questions ?

— Ce jeune homme s'est tout simplement moqué de nous, gronda le policier barbu en agrippant le bras de Martin. Avance, mon garçon. Nous allons avoir une petite discussion, tous les deux. »

Martin se laissa entraîner jusqu'à la cour où les attendait la fausse Mme Burgess.

« Nous emmenons ce petit plaisantin au commissariat de Greater Malling, lui annonça le policier. Mon chef se chargera de lui donner une bonne leçon. »

Le visage de Martin s'illumina. La prison lui apparaissait tout à coup comme un lieu de séjour enchanteur.

« J'aimerais m'entretenir un instant avec vous... en particulier, intervint la femme en entraînant le policier barbu à l'écart.

— De quoi s'agit-il, madame ? » s'enquit-il poliment.

Elle leva vers lui un regard affligé.

« Autant que vous le sachiez, monsieur l'agent, le pauvre garçon n'a plus toute sa tête depuis quelque temps. Pour tout vous avouer, ajouta-t-elle en baissant la voix.... il a perdu ses parents récemment, dans un tragique accident. Il a été recueilli par une nourrice, à Hellibore Hall : Mme Crow. Une femme très gentille et très charitable. Le choc a été terrible pour ce pauvre Martin et... à la vérité, ce n'est pas la première fois qu'il se comporte bizarrement. Il ne se rend pas compte de ses actes, tout simplement. Il ne faut pas lui en vouloir.

— Que suggérez-vous, madame Burgess ?

— Laissez-le-nous. Tout ce dont il a besoin, c'est de calme et d'affection, ajouta-t-elle les yeux embués de larmes. Au fond, c'est un bon garçon, et les médecins sont confiants.

— Très bien, acquiesça le policier après un court instant de réflexion. Pour cette fois, nous en resterons là.

— Merci, monsieur l'agent.

— Il faut te ressaisir, mon garçon, reprit-il d'un ton bourru en revenant vers Martin. Tu es entouré de gens attentionnés et généreux. Tâche d'être digne de leur confiance. Au revoir, madame Burgess », ajouta-t-il en regagnant la voiture où l'attendait déjà son collègue.

Martin courut derrière lui.

« Je vous en supplie, croyez-moi ! Cette femme n'est pas Mme Burgess. Vous ne devez pas m'abandonner ici. Ne comprenez-vous donc pas que c'est un complot ? Si vous me laissez, ils me tueront comme ils ont tué Tom Burgess ! J'ai vu son cadavre. Pourquoi refusez-vous de me croire ? Ils se sont arrangés pour dissimuler son corps avant notre arrivée. Je vous en prie, écoutez-moi ! »

Mais le policier se contenta de hocher tristement la tête et claqua sa portière sans prononcer un mot. Il démarra sans perdre un instant et accéléra en voyant Martin courir derrière la voiture.

Martin s'arrêta au bout du chemin, hors d'haleine. Il jeta un coup d'œil par-dessus son épaule. La femme se tenait toujours devant le porche, ses yeux brillaient et un sourire cruel étirait ses lèvres. L'homme en tenue de peintre l'avait rejointe.

Martin revint prendre son vélo et s'éloigna de Birchwood aussi vite qu'il le put.

Une fois encore, il se retrouvait seul.

# 8

# AFFAIRES LOCALES

Autrefois charmant petit village, Greater Malling était progressivement devenu un gros bourg sans attraits, le genre de ville que l'on traverse en voiture sans chercher à en connaître le nom. Des boutiques, des supermarchés, des immeubles de bureaux, et un cinéma multisalles qui s'acharnait à ne programmer que de mauvais films, voilà en quoi consistait Greater Malling.

Toutefois on y trouvait aussi une bibliothèque municipale, et c'est ce qui décida Martin à parcourir six kilomètres à vélo.

La bibliothèque était coincée entre un stand de loterie et une laverie automatique. Martin rangea sa bicyclette et pénétra dans le hall d'un pas décidé. Il traversa sans s'arrêter le département « fiction » et monta au premier étage où se trouvait la section des ouvrages de référence. C'était une salle spacieuse où flottait une odeur de renfermé. Un vieil homme somnolait, assis devant une table. Un peu plus loin, deux étudiants consultaient fiévreusement une pile de revues scientifiques et, derrière son bureau, la bibliothécaire dévorait un roman policier. Mis à part ces quatre personnes, la salle était déserte.

Martin déambula devant les rayonnages jusqu'à la section des dictionnaires et tira le quatrième volume de l'*Encyclopedia Britannica* qu'il emporta à une table. Le bruit que fit le lourd volume quand il le déposa réveilla le vieil homme et provoqua chez les deux étudiants un « chut » indigné. Martin les ignora ostensiblement et ouvrit l'encyclopédie à la lettre D. D comme Diable.

Une demi-heure plus tard, il savait qu'il existait une gorge du Diable en Amérique du Sud, un lac du Diable en Amérique du Nord, une montagne du Diable en Irlande, et un gouffre du Diable en mer du Nord. L'île du Diable était un ancien bagne bien connu. On trouvait également une référence au diable dans deux espèces de plantes ainsi que dans une formule mathématique. Il était vraiment surprenant de constater avec quelle facilité le diable s'infiltrait dans des domaines si terrestres.

En revanche, on ne trouvait nulle part mention d'une porte du Diable. Ni dans l'*Encyclopedia Britannica*, ni dans les encyclopédies universelles en dix volumes, ni dans la douzaine d'ouvrages de référence que Martin consulta. Comment procéder ? Il aurait fallu plusieurs jours pour examiner le millier de livres qui faisaient peu ou prou référence au Diable. Finalement, Martin se dirigea vers le bureau de la bibliothécaire.

« Excusez-moi, madame....

— Littérature enfantine : au rez-de-chaussée à gauche, répondit la femme sans lever les yeux de son roman policier.

— Je cherche un ouvrage sur la région, sur Lesser Malling plus précisément.

— Dernier rayon à votre droite. Numéros 301-5 à 301-7. »

Comme par hasard, c'était l'étagère la moins fournie de toute la bibliothèque : tout juste quatre livres qui s'empilaient frileusement dans un coin. Martin esquissa une grimace dégoûtée devant la maigre sélection et choisit un ouvrage intitulé : *Promenades aux alentours de Greater Malling*, qu'une certaine Dorothy Trotter avait publié, un grand nombre d'années auparavant, à en juger par la couleur jaunie du papier. Il souffla la poussière de la couverture et chercha le sommaire. Le chapitre 6 s'appelait : « Dans la forêt de Lesser Malling ».

Saisi d'une soudaine excitation, Martin emporta le livre à la table la plus proche. Il trouva le chapitre 7, le chapitre 5, mais pas de chapitre 6. Les traces de déchirures dans la reliure étaient explicites. Quelqu'un avait tout simplement arraché le chapitre entier, faisant disparaître ainsi toute référence à la forêt de Lesser Malling et ses secrets.

Martin referma le livre d'un coup sec, s'attirant aussitôt l'hostilité des deux étudiants qui le foudroyèrent du regard. Il leur retourna un sourire dédaigneux et s'approcha à nouveau de la bibliothécaire.

« Excusez-moi, madame. Sauriez-vous, par hasard, en quoi consiste la porte du Diable ?

— La porte de quoi ?

— Du Diable.

— Qu'est-ce que c'est ?

— C'est justement la question que je vous pose. Cela a un rapport avec Lesser Malling.

— Cherchez au rayon d'histoire régionale. 301-5 à 301-7.

— Je viens de vérifier, il n'y a rien.

— Pourquoi ne descendez-vous pas au département des livres pour la jeunesse ?

— Ça ne m'intéresse pas.

— Dans ce cas, je vous suggère de vous adresser au journal. Le reporter chargé des affaires locales saura peut-être vous renseigner.

— Il existe un journal, à Greater Malling ? s'étonna Martin.

— C'est une grande ville, remarqua fièrement la bibliothécaire. Vous trouverez les locaux de *La Gazette* dans Flea Street[1].

---

1. Flea Street : rue aux Puces.

Flea Street était située dans le vieux quartier. Elle ressemblait davantage à une ruelle qu'à une rue, une ruelle étroite et sale, qui plus est, encombrée de poubelles qui dégorgeaient de détritus. *La Gazette* se nichait dans un immeuble délabré de cinq étages, où cohabitaient un avocat, un assureur, une agence d'informatique, et une entreprise de pompes funèbres.

L'ascenseur était en panne. Martin suivit les flèches et grimpa jusqu'au dernier étage. Un couloir nu conduisait à une double porte battante, laquelle ouvrait sur une vaste salle brillamment éclairée. Une quinzaine de bureaux étaient tassés les uns contre les autres. Chacun d'eux croulait sous des piles de papiers, des douzaines de stylos et crayons, des quantités de gobelets de café en plastique, de paquets de chips vides et de boîtes de bière. Aux quinze bureaux correspondaient quinze journalistes avachis et dépenaillés qui s'escrimaient sur quinze antiques machines à écrire. Des gens allaient et venaient entre les tables, chargés de dossiers, et s'interpellaient à tue-tête pour couvrir le crépitement des machines et les sonneries stridentes des téléphones.

Martin avança vers la première personne qu'il aperçut, un homme ventru assis derrière son bureau, face à la porte.

« Excusez-moi, monsieur, je...

— Que désires-tu ? aboya l'homme en froissant

rageusement une feuille de papier avant d'en glisser une nouvelle dans sa machine à écrire.

— Je souhaiterais rencontrer le spécialiste des affaires locales.

— Les affaires locales ? À ma connaissance, personne n'est spécialisé dans ce domaine. Adresse-toi au bureau suivant. »

Au bureau suivant, une femme étudiait une carte du ciel étalée devant elle, en prévision de la prochaine rubrique de l'horoscope.

« Les affaires locales ? s'étonna-t-elle. Je ne suis pas au courant. Demande à côté.

— Merci infiniment, murmura Martin.

— Tu es du signe du Scorpion, n'est-ce pas ?

— Non, des Poissons, la démentit Martin.

— Oh... oui, bien sûr. Tu as passé un mois sans histoires et tu as réussi à te faire de nouveaux amis... »

Martin poursuivit son chemin. Finalement, une secrétaire lui désigna celui qu'il cherchait.

« C'est le jeune homme assis là-bas, dans le fond. Mais il est seulement assistant reporter.

— Où est le reporter en titre ?

— Pour les affaires locales, il n'y en a plus depuis des années. Ils n'ont guère de sujets à traiter, dans la région. »

L'assistant reporter affecté aux affaires locales surprit Martin par son jeune âge : vingt-cinq ans tout au plus. Il était maigre, avec un visage anguleux, un menton pointu, un stylo planté derrière l'oreille, des yeux

d'un bleu délavé, des cheveux noirs trop longs et broussailleux. Il portait une chemise à col ouvert et une veste de daim qui semblait avoir servi de peau de chamois pour lustrer une voiture. À la différence de ses collègues, il ne faisait strictement rien, sinon fixer le vide d'un regard absent en se tournant les pouces.

« Bonjour, lança-t-il à Martin d'une voix nonchalante.

— Êtes-vous le reporter chargé des affaires locales ?

— En quelque sorte.

— Vous l'êtes, ou vous ne l'êtes pas ? insista Martin. Personne ici ne semble en mesure de me répondre avec précision. Je vous en prie, c'est important.

— Je suis l'homme que tu cherches. Richard Cole, pour te servir. Je serais le reporter chargé des affaires locales s'il existait des affaires locales à traiter.

— Je vois.

— Rien ne se passe jamais à Greater Malling. C'est sans aucun doute l'endroit le plus ennuyeux qui existe au monde. Tiens, voilà un exemplaire du numéro d'aujourd'hui », soupira Richard Cole en lui tendant *La Gazette*.

Sous la date du jour : 18 avril, s'étalait un titre en lettres géantes :

SCANDALE : UN PASTEUR TROUVÉ NU AU BAIN.

« Et alors ? s'étonna Martin.

— Tu ne comprends pas ?

— Pas très bien. Il est normal de se mettre nu pour prendre son bain !

— En l'occurrence, il s'agit des bains d'une station thermale. C'est un jeu de mots. Tu appelles ça du journalisme ? s'exclama Richard Cole avec une moue dégoûtée. Je n'ai pas la moindre chance d'écrire un jour une seule ligne dans *La Gazette*. Sais-tu qu'aucun meurtre n'a été commis à Greater Malling depuis cent sept ans ? Le crime le plus abominable qu'on ait relevé ces derniers temps est une infraction au code de la route. L'épouse du maire en stationnement interdit ! Une tragédie.

— J'avoue que ça ne mérite pas une colonne à la une, acquiesça Martin.

— Pourtant c'était à la une ! s'enflamma Richard Cole. Je ne sais pas ce que j'aurais pu écrire sur un tel sujet mais, de toute façon, on ne me l'a pas demandé. L'article a été confié au reporter qui s'occupe des problèmes de circulation. Quant au reportage sur le pasteur, c'est le spécialiste des questions religieuses qui s'en est chargé. Il n'y a jamais rien pour moi. »

Martin se retint d'éclater de rire. Plus Richard Cole se lamentait sur son sort, plus il était comique. Pourtant une idée subite dut le frapper car son visage s'éclaira brusquement.

« Est-ce que... par miracle, tu m'apporterais un "scoop" ? reprit-il en fixant Martin d'un regard empli d'espoir. Tu as une histoire sensationnelle à me raconter ? Tu cherches le reporter chargé des affaires locales, n'est-ce pas ?

— Oui, mais...

— Explique-moi ce qui t'amène, je t'écoute, le coupa-t-il d'un ton pressant.

— Pour être tout à fait honnête, je ne vous apporte aucune information, le détrompa prudemment Martin. En réalité, c'est l'inverse. Je viens vous demander un renseignement.

— Pour qui me prends-tu ? s'emporta Richard Cole. Adresse-toi à la bibliothèque municipale !

— J'en viens. Ce sont eux qui m'envoient chez vous.

— Oh ! je vois, maugréa le journaliste en jetant son stylo devant lui.

— Cependant mon histoire pourrait quand même vous intéresser.

— Très bien, je t'écoute, répondit Cole en s'animant à nouveau. Commence par le commencement et n'omets aucun détail, le plus insignifiant soit-il. Tu connais la sténo ?

— Pas du tout.

— Tant pis, je prendrai les notes moi-même, soupira le journaliste en s'armant d'un bloc et d'un stylo. À toi la parole ! »

Martin lui raconta tout ce qui s'était passé depuis son arrivée à Lesser Malling. Sa première visite au village, les paroles du pharmacien, sa rencontre avec Tom Burgess, les lumières et les bruits dans la forêt, ses rapports avec Elvira, l'étrange église, sa seconde rencontre avec Tom Burgess et les terribles événements de la ferme.

« Voilà donc pourquoi je cherche à me renseigner sur la porte du Diable, conclut-il. Je suis convaincu que c'est un élément important.

— Je vais t'avouer le fond de ma pensée, mon vieux, soupira le journaliste. Je n'ai jamais entendu parler de la porte du Diable. Quant au reste de ton histoire, eh bien... je ne voudrais pas être désagréable mais... quel âge as-tu ?

— Treize ans, murmura Martin qui sentit soudain ses joues s'empourprer.

— Treize ans... Je vais te parler franchement, Martin. À mon avis, tu as lu trop de romans policiers ou bien tu as trop regardé la télévision. Tu t'es laissé emporter par ton imagination. Une assemblée de fidèles invisibles dans une église à moitié en ruine ? Des villageois au comportement bizarre ? Un fermier assassiné dont le cadavre se volatilise ? Avoue que c'est un peu exagéré.

— Et les lumières, près de la centrale nucléaire ?

— C'est bien le plus insensé de toute l'histoire, grommela le journaliste. Décidément, je manque de chance. Le nucléaire est un sujet d'actualité, il y a une centrale dans mon secteur mais, comme par hasard, celle-ci est désaffectée depuis vingt ans !

— Pourtant j'ai vu des lumières, insista Martin.

— Tu crois les avoir vues...

— Non ! Je les ai réellement vues.

— Très bien, tu as vu des lumières, admit le journaliste. Formidable ! Et alors ?

— Donc, vous ne me croyez pas, soupira Martin après un long silence.

— Je crois que tu crois ce que tu dis, rectifia Richard Cole.

— J'y crois parce que c'est la vérité ! s'emporta Martin en repoussant sa chaise. En tout cas, monsieur Cole, si l'un de nous deux est fou... c'est vous. Que faites-vous dans ce journal ? Vous vous vantez d'être reporter, pourtant si un bataillon de chars soviétiques envahissait Greater Malling vous ne le remarqueriez même pas ! Je me moque de votre opinion. J'enquêterai tout seul. Si quelque chose m'arrive, cela vous décidera peut-être à vous lancer sur l'affaire. À moins que le chroniqueur religieux ne vous souffle la place ! »

Et sur cette dernière flèche, Martin quitta les bureaux de *La Gazette*.

Richard Cole hocha tristement la tête en le suivant des yeux. Puis il se renversa sur son siège et reprit sa position contemplative : regard dans le vide, doigts croisés, mine accablée.

« Pourquoi ? Pourquoi ne se passe-t-il jamais rien ? » soupira-t-il.

# 9

# FEU

« Allez-vous me suivre pas à pas jusqu'à la fin de ma vie ? s'emporta Martin.

— Oui, jusqu'à la fin, ricana Gangree.

— Vous feriez mieux d'aller vous occuper du dîner, il est l'heure.

— Tu as envie de rentrer dans la maison ?

— Non, je préfère rester ici.

— Alors je reste aussi. »

Martin bouillait de rage. Depuis cinq jours, c'est-à-dire depuis son escapade à Greater Malling, Gangree le suivait comme son ombre. Il ne pouvait faire un pas sans le chien-chien fidèle d'Elvira dans son sillage. C'était insupportable. Gangree dînait avec lui, dormait sur un matelas devant sa porte, l'accueillait à son réveil pour l'escorter jusqu'à la table du petit déjeuner. En réalité, Martin était traité comme un prisonnier. Il n'avait rien découvert des mystères qui l'entouraient, pourtant le peu qu'il savait le rendait dangereux aux yeux d'Elvira qui s'appliquait à ce qu'il n'apprenne rien de plus.

« Si on jouait à cache-cache ? suggéra-t-il à Gangree.

— Connais pas, grommela Gangree.

— C'est un jeu. Vous entrez dans la grange et vous comptez jusqu'à mille en fermant les yeux. Ensuite vous essayez de me trouver.

— C'est un jeu de malin ! Désolé, je ne joue pas.

— Que désirez-vous faire, alors ?

— Juste rester avec toi. »

L'arrivée de Mme Crow interrompit la discussion. Elvira descendit de voiture et fit signe à Martin d'approcher. Il avança, l'air maussade, Gangree sur ses talons.

« Ça va, Martin ? lança-t-elle d'un ton enjoué.

— Posez-lui la question, maugréa Martin en désignant son garde du corps.

— Ce n'est pas une réponse, mon chou. Tu t'es bien amusé ? Tu as été sage ?

— Pourquoi ne me laissez-vous pas en liberté ? Pourquoi Gangree doit-il me suivre comme un toutou ? Je suis assez grand pour me débrouiller tout seul !

— Je n'en doute pas ! Tu es également assez grand

pour aller raconter des mensonges à la police et contrarier tout le monde. Tu es assez grand pour aller rôder dans des endroits interdits. Et maintenant, mon cher, si ce n'est pas trop abuser de tes forces, aide-moi à porter ces sacs dans la cuisine. Je vais aller préparer le repas. »

Au lieu de lui obéir, Martin se planta devant Mme Crow et l'agrippa par la manche.

« Mais enfin, que voulez-vous de moi ? cria-t-il.

— Je viens de te le dire. Je veux que tu m'aides à porter les sacs dans la cuisine », répliqua Elvira avec un sourire cynique.

Ce soir-là, Martin toucha à peine à son repas, tant il se méfiait de tout ce que Elvira concoctait. Comme le samedi précédent, Mlle Kite vint se joindre à eux pour dîner. Martin ignora ostensiblement les quelques mots qu'elle lui adressa avec sa brusquerie coutumière.

« Tu gâtes trop cet enfant, Elvira ! s'écria-t-elle d'un air offusqué. Tu devrais lui frotter les côtes avec une bonne canne pour lui enseigner la politesse !

— C'est un vilain garnement, acquiesça sa sœur en se curant les dents. Sais-tu qu'il a menacé de me dénoncer à l'UNESCO ?

— Trop de loisirs, pas assez de travail, voilà le résultat », conclut Mlle Kite en vidant d'un trait son verre de gin.

Martin les écoutait à peine, plongé dans ses réflexions. C'était samedi soir et ils avaient largement dépassé l'heure à laquelle ils dînaient habituellement. Mme Crow et sa sœur allaient-elles retourner à leur mystérieux rendez-vous, comme le samedi précédent ?

En face de lui, Gangree essuyait son assiette à l'aide d'un morceau de pain. Il avait le regard absent et le menton luisant de sauce, sa veste était suspendue au dossier de sa chaise. Martin conclut qu'il prévoyait de ressortir. Mais, si ses trois geôliers quittaient la ferme, que comptaient-ils faire de lui ?

« Délicieux ! déclara Mlle Kite d'un air repu alors qu'Elvira retirait les assiettes.

— J'en reprendrais bien un peu, intervint Gangree.

— Non, ça suffit, décréta Elvira. Nous allons terminer par une bonne tasse de thé. Du thé aromatisé aux herbes, pour changer. »

Martin dressa l'oreille. Il attendait justement une petite modification dans les habitudes, qui lui fournirait un indice sur leurs plans. Du thé aromatisé plutôt que du thé nature en sachets ne présentait qu'un changement infime, pourtant c'était un début.

Elvira rapporta de la cuisine les quatre tasses déjà remplies. Cela aussi rompait avec les habitudes. Ordinairement, on posait la théière sur la table.

« Une tasse pour ma chère sœur, une pour Gangree, une pour Martin, et une pour moi, annonça Elvira en servant chacun.

— Pas pour moi, merci, s'excusa Martin d'une voix qu'il espérait naturelle.

« — Mais c'est du thé aux herbes ! protesta Mme Crow.

— Justement, je ne l'aime pas.

— C'est un fortifiant, insista la nourrice. Et ça adoucit le caractère ! Tu en as besoin. Bois ton thé et cesse de discuter. »

Cela suffit à Martin pour le convaincre que le thé était drogué. Il porta la tasse à ses lèvres et en avala quelques gouttes. Le liquide était brûlant et amer. Il était fermement résolu à ne pas en boire une goutte de plus, mais comment réagirait Elvira devant son refus ? Très vite, un plan se forma dans son esprit.

« Finalement, c'est assez bon, remarqua-t-il.

— Le thé aux herbes est ma spécialité, se rengorgea Elvira avec un sourire.

— Il est un peu chaud.

— C'est meilleur. »

Martin souleva sa tasse à deux mains et souffla sur le liquide fumant. Puis il tendit les lèvres et fit semblant de boire une grande gorgée. Elvira se relaxa immédiatement, comme si elle n'avait attendu que cet instant. Jusque-là, le plan de Martin fonctionnait. Mais le plus difficile restait à faire. Comment vider le contenu de la tasse sans donner l'alerte ? Même si un pot de fleurs s'était trouvé à proximité, il n'aurait pu y verser le thé sans se faire remarquer. Impossible aussi de le répandre par terre.

Il feignit d'avaler une autre gorgée puis, négligemment, abaissa la tasse vers ses genoux, en dessous du niveau de la table. À présent, il savait comment procéder. Profitant de ce que Mlle Kite détournait l'attention d'Elvira, il inclina le bord de la tasse contre sa cuisse et laissa le thé brûlant imbiber son blue-jean. La douleur lui arracha une grimace mais personne ne s'en aperçut.

Ensuite il reposa la tasse devant lui, bien en évidence. Un tiers du thé avait disparu, absorbé par la toile épaisse du blue-jean. C'était douloureux, mais efficace. Elvira jeta un coup d'œil à sa tasse et une lueur de satisfaction brilla dans ses yeux. Désormais, il restait à Martin à dissimuler la large auréole de son pantalon. Si ses soupçons à propos du thé étaient fondés, cela ne présentait guère de difficultés. Dans le cas contraire, il se serait brûlé et couvert de ridicule pour rien.

Il se mit soudain à cligner lourdement des paupières en secouant la tête de droite et de gauche, comme un chien qui s'ébroue.

« Quelque chose ne va pas ? s'enquit Elvira.

— Non, répondit-il d'une voix pâteuse. Je me sens... très fatigué, tout à coup.

— Ce doit être le grand air. »

La subite fatigue de Martin ne l'étonnait pas le moins du monde. Il ne s'était donc pas trompé. En outre, la drogue était censée agir rapidement, comme il l'avait espéré.

« Finis ton thé et va te coucher », lui ordonna Elvira.

Martin acquiesça d'un hochement de tête. Il souleva lentement la tasse entre ses deux mains, d'un geste las et laborieux, mais au lieu de la porter à ses lèvres, feignit la maladresse et la renversa sur ses genoux. Dans le même temps il esquissa un mouvement de recul complètement dépourvu d'énergie, puis s'abattit en avant sur la table, d'un bloc, comme si le sommeil venait brutalement de le terrasser.

Les yeux fermés, immobile, il guetta avec anxiété la réaction de Mme Crow. Pendant un moment interminable, personne ne dit mot et un doute terrible le saisit. Gangree le rassura en éclatant de rire.

« Je n'ai jamais vu la drogue agir si rapidement, constata Elvira. J'ai dû forcer la dose sans m'en apercevoir.

— Combien de temps va-t-il dormir ? questionna sa sœur.

— Toute la nuit et la matinée de demain. Il en sera quitte pour une vilaine migraine.

— C'est bien fait pour lui, ricana Gangree.

— On le monte dans son lit ou on le laisse ici ? demanda Mlle Kite.

— Laissons-le là, c'est plus simple, décida Elvira. Il ne risque pas de venir nous déranger !

— Dans ce cas, dépêchons-nous de partir. Il est l'heure. »

Martin attendit que le bruit de la voiture eût disparu dans la nuit pour ouvrir les yeux. Ensuite, il ne perdit pas une minute. Il courut jusqu'à sa mansarde et se précipita à la fenêtre. Les lumières brillaient à nouveau dans la forêt ! Il se débarrassa rapidement de son pantalon trempé de thé et découvrit la peau écarlate de ses cuisses. Puis il enfila un jean sec en évitant de frotter la toile contre ses brûlures.

« Parfait, s'encouragea-t-il à haute voix. Tu voulais découvrir le fin mot de l'histoire, en voilà l'occasion ! »

Cinq minutes plus tard, il pénétrait dans la forêt.

Martin longea le tracé de l'ancienne route qui menait à la centrale. La mousse étouffait le bruit de ses pas, tout était silencieux. Pourtant, à l'approche d'Omega Un, une sorte de grésillement léger lui parvint. Il leva les yeux et distingua une lueur rouge qui s'ajoutait maintenant à la lumière blanche.

Par une trouée dans les arbres, il aperçut au loin le portail d'entrée de la centrale. Au lieu de s'y diriger, il bifurqua sur la gauche et ne tarda pas à retrouver ce qu'il cherchait : l'ouverture dans le grillage rouillé de la palissade. Il se mit à plat ventre et y passa prudemment la tête.

Le terrain entourant la centrale grouillait d'activité. Un énorme feu de bois brûlait devant la sphère. Tout autour, des gens alimentaient les flammes de branchages humides qui crépitaient et sifflaient. Une épaisse fumée noire s'échappait du brasier. Une rangée de pylônes électriques équipés de lampes à arc illuminaient le terrain. Étrange contraste entre des installations fonctionnelles et modernes, et ce feu de bois entouré de silhouettes gesticulantes qui évoquaient une scène primitive.

Un camion stationnait près de la coursive qui reliait la sphère à l'immeuble rectangulaire. Deux hommes grimpèrent par la portière arrière, puis la coursive s'éclaira et un troisième homme en sortit. Martin tenta de l'identifier, mais la pénombre masquait son visage. À son approche, toutes les personnes présentes se figèrent. Il leva un bras et le faisceau de lumière accrocha, l'espace d'une seconde, la lourde chevalière en or qu'il portait à la main gauche.

Aussitôt, les deux hommes réapparurent à l'arrière du camion en tirant une grande caisse argentée, cerclée d'une bande jaune. Manifestement, elle devait peser très lourd car ils peinaient pour la transporter vers le bâtiment. L'un d'eux passa devant la lumière et Martin reconnut le patron de la taverne de Lesser Malling.

Près du feu, l'activité redoublait. À la fragilité des silhouettes qui se profilaient devant le brasier, Martin comprit qu'il s'agissait d'enfants et que tous les gens qui s'affairaient sur le terrain n'étaient autres que les habitants du village. Jeunes et vieux, femmes et hommes, tous avaient déserté Lesser Malling pour se regrouper dans la forêt.

Martin hésitait. D'une part son instinct lui commandait de s'enfuir avant qu'on le surprît, d'autre part il avait conscience d'assister à un événement capital. En se rapprochant, il pourrait mieux observer la caisse argentée, discerner les visages, saisir des bribes de conversations et, avec un peu de chance, découvrir une part du mystère

Les deux hommes qui portaient la caisse avaient atteint l'entrée du bâtiment. Les villageois se regroupèrent lentement pour les suivre à l'intérieur. L'homme à la chevalière en or s'écarta en compagnie d'une femme qui ressemblait fort à Mme Crow.

C'était le moment ou jamais. En prenant garde de ne pas se blesser aux bords acérés de la palissade, Martin se coula dans le trou et courut une dizaine de mètres en terrain découvert avant de se plaquer au sol. L'herbe était juste assez haute pour le dissimuler, mais il ne s'était pas avancé suffisamment et il progressa de quelques mètres supplémentaires en rampant.

À présent il bénéficiait d'un point de vue privilégié. La femme qu'il avait remarquée était bien Elvira. Gangree se tenait un peu en retrait, en compagnie du faux peintre de la ferme de Birchwood. Les enfants qui entretenaient le feu de bois étaient les élèves de l'école mais, curieusement, ils ne se contentaient pas d'alimenter les flammes avec des branchages. Ils brandissaient au-dessus du feu de longues perches au bout desquelles pendaient des filets métalliques. Et, dans les filets, il y avait des animaux (probablement des grenouilles ou des crapauds) qu'ils faisaient griller vivants. Martin détourna les yeux, écœuré.

Un peu plus loin, l'homme à la bague éclata de rire. Agacé de ne pouvoir saisir ses paroles, Martin rampa pour se rapprocher davantage. Tout à coup, sa main rencontra un objet dur. Il tira dessus machinalement, remarquant trop tard qu'il s'agissait d'un câble traversant le terrain de part en part.

Aussitôt le hurlement d'une sirène d'alarme déchira la nuit. Les villageois firent volte-face, pétrifiés, le cou tendu pour scruter les alentours. Quatre hommes armés de fusils de chasse s'élancèrent tandis que les enfants lâchaient leurs perches dans le feu pour se précipiter vers le camion. L'homme à la bague avança à pas lents, embrassant tout le terrain d'un regard attentif. Martin se plaqua à terre, le visage enfoui dans l'herbe.

Elvira bondit vers le feu et lança de brèves imprécations dans un langage inconnu, en gesticulant étrangement. Martin leva la tête, médusé.

Subitement le brasier sembla exploser. Les flammes jaillirent dans le ciel jusqu'à hauteur des bâtiments, projetant sur le terrain des ombres rougeoyantes. Et, au sein même des flammes, une forme commença à se dessiner. D'abord indistincte et mouvante, elle parut se solidifier, et prit les traits d'une étrange créature qui bondit soudain des flammes. Une seconde jaillit à son tour et rejoignit la première dans l'herbe. Le feu reprit alors un aspect et une taille normaux. Puis la sirène d'alarme se tut.

Les créatures qui avaient surgi ressemblaient vaguement à des chiens, mais d'une espèce inconnue de Martin. Ils étaient gigantesques, presque de la taille de petits chevaux. Les flammes qui leur avaient donné naissance étincelaient encore dans leurs yeux. Leurs gueules béantes laissaient entrevoir deux rangées de crocs acérés. Ils avaient une tête large et bosselée, avec un front proéminent d'où pointaient deux minuscules oreilles en forme de cornes.

Très lentement, l'un des monstres leva son horrible museau vers la lune et poussa un effroyable hurlement. Ce fut le signal. D'un même mouvement, ils s'élancèrent au petit trot, la tête curieusement inclinée de côté, comme s'ils écoutaient le sol.

La panique s'empara de Martin. Il bondit sur ses pieds sans plus chercher à se cacher et battit en retraite.

# 10

# LE MARÉCAGE

Martin avait l'impression que ses jambes pesaient aussi lourd que du plomb. Les bras tendus en avant comme un aveugle, il s'efforçait de rejoindre la palissade tout en jetant de fréquents coups d'œil par-dessus son épaule.

Les chiens semblaient se mouvoir au ralenti, pourtant l'un d'eux gagnait du terrain. Il touchait à peine le sol pour prendre son élan et planait en l'air, pattes écartées. Ses bonds étaient particulièrement disgracieux, très loin de la majesté d'une panthère ou d'un léopard fondant sur sa proie. Son corps était disproportionné, hideux. Un lambeau de chair de son flanc s'était décomposé et laissait entrevoir l'éclat blanc de ses côtes, et le monstre détournait la tête comme pour éviter de sentir la puanteur de sa plaie. Sa gueule écumait de salive.

Martin atteignit enfin la palissade et s'écorcha les mains en cherchant à tâtons la fente dans le grillage. Encore quelques bonds et les chiens l'étriperaient. Où était donc l'ouverture ? Saisi d'une panique aveugle, il se propulsa de toutes ses forces contre le grillage et faillit hurler de joie en sentant les maillons se tordre, puis céder. Il plongea dans le trou étroit sans hésiter. La tête et les épaules passèrent sans difficulté mais son pantalon resta accroché. Il se débattit avec l'énergie du désespoir, comme un poisson pris dans une nasse, tirant, poussant, et s'attendant d'un instant à l'autre à sentir des crocs s'enfoncer dans sa chair. D'un coup d'œil terrifié, il aperçut une ombre noire fondre sur lui et rassembla ses forces pour une ultime tentative. Celle-ci fut la bonne. La toile du pantalon céda et Martin roula de l'autre côté de la palissade.

Malgré une estafilade à la cuisse, il était hors de danger. Les jambes faibles, il se remit debout et vit les deux monstres se ruer furieusement contre le grillage, la gueule écumante. Ils étaient piégés. Le trou, déjà étroit pour Martin, ne leur permettait pas de s'y glisser. Alors ils se mirent à gratter farouchement la terre pour se creuser un passage sous l'obstacle.

Martin n'attendit pas de savoir s'ils réussiraient. Il tourna les talons et s'engouffra dans la forêt. Les broussailles lui fouettaient les jambes, les branches basses lui griffaient le visage. Il ne distinguait rien à plus d'un pas mais courait droit devant lui, sans chercher à s'orienter. Un seul but l'obsédait : fuir le plus vite possible pour distancer les chiens. De quelle avance disposait-il ? Quelques minutes, tout au plus. Ensuite, les horribles bêtes le rattraperaient pour le mettre en pièces.

Martin trébucha sur une racine et faillit tomber. Les lumières de la centrale s'éloignaient, mais il n'était pas question de s'arrêter maintenant pour se reposer. Si au moins il avait pu trouver une rivière, les chiens auraient perdu sa trace ! Malheureusement la forêt s'étirait, interminable, sans le moindre cours d'eau.

Tout à coup, un formidable aboiement résonna dans les bois. C'était un cri de triomphe. Les chiens avaient réussi à franchir la palissade. Martin oublia sa fatigue et accéléra sa course.

Seul le soudain claquement de ses pas sur un sol dur lui indiqua qu'il venait d'émerger de la forêt. À présent il se trouvait sur une route. Ce n'était pas celle de Lesser Malling. Celle-ci était plus large et marquée de lignes blanches, mais guère plus fréquentée : pas une voiture à l'horizon ! Et Martin n'avait pas l'intention d'attendre pour faire du stop. Il imaginait trop bien les deux monstres bondissant dans les bois à sa poursuite.

Il lui fallait continuer de courir. Mais dans quelle direction ? De l'autre côté de la route s'étiraient les vastes étendues de lande. Le paysage était peu engageant, néanmoins il présentait l'avantage de s'écarter de la forêt.

Martin s'élança. Il courait, pourtant il avait l'impression désespérante de ne pas progresser. Hors d'haleine, il dut s'arrêter pour reprendre son souffle. Au même instant le sol se déroba sous ses pieds et il se sentit aspiré sans pouvoir résister.

La boue l'avait déjà englouti jusqu'à la taille avant qu'il eût pris conscience de ce qui lui arrivait. Le marécage ! La vase se refermait inexorablement sur lui, prête à l'ensevelir. Martin voulut crier mais aucun son ne franchit ses lèvres. Il battit des bras mais ses mouvements ne firent que l'enliser davantage.

Et puis, tout à coup, un grand calme l'envahit. L'ombre d'un sourire flotta sur ses lèvres. N'avait-il pas trompé ses poursuivants, finalement, en choisissant la seule voie où ils ne pourraient l'atteindre ? Mieux valait mourir ainsi que dépecé par ces bêtes féroces...

La vase arriva bientôt au niveau de ses aisselles. Le contact était froid, mortellement froid. Martin ferma les yeux. Il était prêt. Cependant l'enlisement était une mort lente. La boue enveloppait son corps doucement, amoureusement, centimètre par centimètre.

Soudain, un faisceau lumineux balaya sa tête et il entendit le ronronnement d'un moteur. Une voiture ! Une voiture venait de surgir sur la route. Elle ralentit et s'arrêta en bordure de la lande, juste à son niveau. Un homme en descendit et courut vers lui.

« Surtout ne bouge pas ! cria-t-il. Je vais te lancer une corde ! »

Mais la boue meurtrière, comme si elle craignait de perdre sa proie, resserra son emprise.

« Vite ! » hoqueta Martin.

La vase touchait son menton. Il leva désespérément la tête vers la lune blafarde. Encore quelques secondes et le piège se refermerait à jamais sur lui. Lentement, l'eau boueuse recouvrit sa tête et s'infiltra dans sa bouche, dans ses yeux. Seules ses mains surnageaient encore à la surface. Ce fut alors qu'il sentit une corde râpeuse lui effleurer les doigts. Il tâtonna et parvint à l'agripper.

La corde se tendit et l'arracha à la boue. Ses poumons étaient en feu. Il ouvrit la bouche et aspira goulûment une bouffée d'air frais. Son torse émergea de la vase avec un bruit de succion. Martin battit des jambes pour activer sa libération et deux mains solides le saisirent bientôt sous les bras pour le tirer sur la terre ferme.

« Tu vas pouvoir marcher jusqu'à la voiture ? s'enquit son sauveteur.

— ...

— Bon, je vais t'aider. »

Martin eut vaguement l'impression de reconnaître la voix. L'homme passa un bras autour de sa taille et l'entraîna jusqu'à la route en le portant à moitié. Le moteur de la voiture tournait toujours. L'homme adossa Martin contre le capot pour pouvoir ouvrir la portière et débarrasser le siège du tas d'outils qui l'encombrait. Martin se redressa en chancelant et voulut contourner la voiture pour le rejoindre. Ce fut alors qu'il les aperçut.

Les chiens étaient là, sur la route, à une dizaine de mètres, leurs corps monstrueux figés dans une attitude menaçante. Ils avaient les yeux luisants, la langue pendante.

Le sauveteur de Martin les avait vus, lui aussi. Il se redressa lentement, un bidon à la main.

« Monte, ordonna-t-il à Martin.

— Mais...

— Obéis, pour l'amour du ciel ! »

Martin se glissa maladroitement sur la banquette, sans quitter les chiens des yeux. L'homme fouilla dans sa poche et en sortit un mouchoir blanc. Puis, avec des gestes très lents et mesurés, s'efforçant de ne pas céder à la panique, il dévissa le bouchon du bidon pour y enfoncer le mouchoir. Une odeur d'essence parvint jusqu'à Martin. En face, les chiens se tassèrent sur eux-mêmes, prêts à bondir. Alors, d'un geste vif, l'homme sortit son briquet, enflamma l'extrémité du mouchoir imbibé d'essence et lança le bidon dans leur direction.

Le projectile atteignit le premier chien de plein fouet et explosa, projetant du même coup le liquide enflammé sur le second animal. Les flammes les enveloppèrent aussitôt et ils roulèrent sur le sol en poussant d'atroces hurlements. L'un se recroquevilla sur lui-même, l'autre tenta de se lécher dans le vain espoir

d'apaiser ses douleurs. Le feu les avait créés, le feu les détruisait.

Le sauveteur de Martin ne perdit pas de temps à savourer son exploit. Il sauta dans sa voiture, enclencha la marche arrière, et écrasa l'accélérateur. Les roues commencèrent par patiner, puis accrochèrent le macadam et projetèrent la voiture en arrière. Martin frissonna quand elle rebondit sur les corps calcinés des deux monstres avant de faire un tête-à-queue au milieu de la chaussée pour repartir dans l'autre direction.

Il jeta un rapide coup d'œil par la vitre arrière sur les carcasses carbonisées, puis reporta son attention sur le conducteur. Il connaissait ce visage, bien sûr, pourtant il mit plusieurs minutes avant de situer l'endroit où il l'avait rencontré.

L'homme qui venait de lui sauver la vie n'était autre que Richard Cole, le reporter désabusé de *La Gazette* de Greater Malling.

# 11

# ACTION

« Œufs coque, œufs brouillés, œufs pochés, œufs frits ou omelette ? proposa Richard Cole.

— Des œufs brouillés, merci, répondit Martin.

— Les œufs à la coque sont plus faciles à cuire. Ils n'attachent pas à la poêle.

— D'accord pour les œufs coque.

— Oh zut ! soupira le journaliste en contemplant le réfrigérateur. Il n'y a plus d'œufs. Que dirais-tu de haricots sautés ?

— N'importe quoi, pourvu que ce soit chaud. »

Richard Cole habitait dans le centre de York, où il possédait un appartement niché au cœur d'une des rues médiévales les plus pittoresques de la ville : la rue du Carnage. Le nom s'appliquait également à merveille à l'appartement du journaliste. Il régnait en effet un tel désordre dans les cinq pièces qu'on avait du mal à les distinguer. Ainsi dans la cuisine trouvait-on des livres, une machine à écrire, et même un piano. Dans les deux chambres : des serviettes de toilette, des brosses à dents et un tapis de bain. Quant au salon, il était encombré d'ustensiles de cuisine. La salle de bains, elle, avait hérité d'une couverture, de deux oreillers et d'un réveil.

Richard vivait seul et la femme de ménage qui venait jusqu'à présent mettre un peu d'ordre dans son capharnaüm était en congé maladie pour cause de dépression nerveuse.

Martin but quelques gorgées de son chocolat chaud pendant que Richard préparait les haricots. Ses vêtements imprégnés de boue reposaient maintenant dans le four de la cuisinière qui semblait faire office de coffre à linge, et il était lui-même enveloppé de serviettes de toilette. Le bain chaud dans lequel il s'était prélassé l'avait complètement remis d'aplomb. Même ses écorchures, ecchymoses et autres brûlures ne se faisaient plus du tout sentir : Richard avait vidé un flacon d'antiseptique et une boîte de pansements pour le soigner.

« Est-ce si difficile de cuire des haricots en boîte ? s'étonna Martin en voyant le journaliste consulter un livre de recettes.

— La cuisine n'est pas mon point fort. Tiens,

regarde ! Je leur tourne le dos et ils en profitent pour brûler. »

Richard jeta les haricots carbonisés dans un torchon, et le tout dans la poubelle.

« Ce n'est pas grave, le consola Martin. Finalement, je n'ai pas faim.

— Tant mieux. Il doit juste me rester une vieille bûche de Noël que l'on m'avait offerte, mais elle est tellement moisie que même les cafards n'osent y mettre le nez.

— J'ignorais que les cafards avaient un nez ! »

Richard se rembrunit subitement et vida un petit verre de cognac dans sa tasse de chocolat chaud. Pendant un long moment, aucun d'eux ne dit mot.

« Je suis désolé, soupira finalement Richard.

— Pourquoi ?

— J'aurais dû croire ton histoire quand tu es venu me voir au journal. Ce soir, tu as bien failli mourir.

— C'est un miracle que vous m'ayez trouvé.

— Je t'ai entendu crier. Mon ami, tu as autant de souffle que les grandes orgues de la cathédrale !

— Vous... vous m'avez entendu crier ? tressaillit Martin.

— Bien entendu.

— Mais... je n'ai pas crié, Richard.

— Je t'assure que...

— Je ne pouvais pas. La vase était glaciale et me coupait le souffle, expliqua Martin en frissonnant rétrospectivement à ce souvenir.

— Tu as crié sans t'en rendre compte. J'ai entendu ta voix très distinctement. Sinon, pour quelle raison me serais-je arrêté sur la route, à cet endroit précis ?

— À quelle vitesse rouliez-vous ?

— Environ quatre-vingts kilomètres à l'heure, je suppose.

— Les fenêtres étaient ouvertes ?

— À cette saison, sûrement pas !

— Dans ce cas, Richard, même si j'avais crié, vous ne m'auriez pas entendu.

— C'est juste, admit le journaliste. Mais alors comment expliques-tu que j'aie freiné brutalement à cet endroit précis et que je me sois dirigé droit sur toi en pleine nuit ?

— Je ne sais pas, murmura Martin. Je ne vois aucune explication plausible. En tout cas, je suis certain de ne pas avoir crié.

— Nous avions bien besoin de ça ! grommela Richard. Encore un autre mystère ! Il est temps de passer aux choses sérieuses. Ce qu'il nous faut, c'est dresser un plan d'action, ajouta-t-il d'un ton ferme en tirant un carnet et un stylo coincés sous une casserole.

— Vous avez dit : nous ?

— Je suis concerné aussi, il me semble !

— Depuis quand ?

— Depuis que je t'ai sauvé la vie.

— Vous n'avez pas un pasteur nudiste à interviewer ?

— Pour l'amour du ciel, Martin, cesse de te

moquer ! Je me suis déjà excusé d'avoir douté de ta parole. Maintenant, je te crois, et il me semble que tu as besoin d'aide.

— Peut-être...

— En tout cas, si tu refuses de continuer, moi je me lance dans l'aventure. Cette histoire peut devenir le "scoop" de ma vie ! Allons, Martin, accorde-moi ta confiance.

— Très bien, acquiesça Martin avec réticence. Vous comprenez... la seule personne qui ait tenté de m'aider a été assassinée...

— Je serai prudent, promit Richard en ouvrant son carnet de notes. Bien, raconte-moi tout ce qui s'est passé cette nuit, depuis le moment où tu as quitté la ferme. »

Bien que Martin lui eût déjà rapporté succinctement les événements pendant le trajet en voiture, il répéta tout son récit en détail.

« Ces chiens, murmura Richard. As-tu une idée de ce qu'ils étaient ? Je n'en ai jamais rencontré de semblables.

— Pas des caniches, c'est certain. »

Martin termina son chocolat et poussa sa chaise contre le radiateur.

« En revanche, nous sommes sûrs d'un point, reprit le journaliste. Tout le mystère tourne autour d'Omega Un.

— Qui peut s'intéresser à une centrale électrique désaffectée ?

— Une centrale nucléaire, rectifia Richard. La différence est de taille.

— C'est-à-dire ?

— Les centrales nucléaires produisent de l'électricité comme les centrales ordinaires, mais elles sont mille fois plus puissantes et dangereuses.

— Dangereuses ?

— Un instant, que je retrouve mon dossier, marmonna Richard en fouillant dans un placard. Ah, le voilà ! J'ai pris ces notes il y a peu de temps, lors d'une conférence de presse. Écoute-moi et tu vas vite comprendre.

— J'écoute, soupira Martin en réprimant un bâillement.

— Je ne suis pas expert en la matière, toutefois je vais essayer de t'expliquer clairement ce que je sais. Tu connais la bombe atomique, je suppose ?

— Oui, bien sûr.

— Bon... Une bombe atomique renferme une puissance terrifiante qui peut détruire une ville entière en quelques secondes. Récemment, une bombe expérimentale testée dans le désert du Nevada a creusé un cratère qui aurait pu engloutir l'Empire State Building[1]. La puissance d'une bombe atomique provient de l'énergie qu'elle libère au moment de l'explosion. Et cette énergie naît de ce qu'on appelle la fission de l'atome. Tu me suis ?

1. Empire State Building : gratte-ciel légendaire de New York, haut de 120 étages.

— Jusqu'ici, oui.

— Une centrale nucléaire fonctionne sur le même principe qu'une bombe. La fission de l'atome, c'est-à-dire son éclatement, est obtenue dans un métal appelé uranium. Mais, au lieu de déclencher une explosion incontrôlable, on libère graduellement l'énergie sous forme de chaleur. C'est une chaleur phénoménale, bien entendu, qui transforme l'eau en vapeur. Cette vapeur alimente ensuite les turbines d'un générateur électrique qui produit de l'électricité. Voilà en quoi consiste le rôle d'une centrale nucléaire : transformer la chaleur en courant électrique.

— Pourquoi abandonne-t-on les sources d'énergie traditionnelles ?

— Parce que le charbon, le gaz et le pétrole coûtent plus cher et que, un jour, les puits seront taris. L'uranium est un minerai formidable. Une toute petite quantité, qui tiendrait dans le creux de ta main, peut engendrer assez de puissance pour alimenter un million de chaudières électriques pendant vingt-quatre heures. C'est économique, propre et pratiquement inépuisable.

— Alors, où est le problème ?

— Le problème, c'est que tu ne peux pas tenir l'uranium dans le creux de ta main, sinon tu meurs. L'uranium émet des rayons, des radiations. Si tu t'en approches, mieux vaut dire tes prières. Pour le transporter, on utilise des caisses étanches très solides.

— Comme la caisse que j'ai aperçue à Omega Un ! s'exclama Martin.

— Exactement. Et si celle-là contient effectivement de l'uranium, cela tendrait à prouver que quelqu'un projette de remettre la vieille centrale en activité, conclut le journaliste en allumant une cigarette.

— Qui pourrait avoir un tel projet ?

— Toute la question est là. Mais occupons-nous d'abord d'Omega Un, poursuivit Richard. Au cœur de toute centrale nucléaire se niche un réacteur. Pour résumer, le réacteur est le caisson où se produit l'explosion contrôlée. L'uranium est entouré de barres de contrôle qui sont des tringles de manœuvre. Dès qu'on élève ces tiges, l'explosion commence, et plus on les lève plus la déflagration est forte.

— Si je comprends bien, il ne faut pas se tromper dans la manœuvre, grimaça Martin.

— En effet. Le réacteur est l'élément le plus dangereux d'une centrale. Une seule erreur, et la centrale elle-même est rayée de la carte. C'est pourquoi, lorsque le gouvernement a lancé le programme d'équipement nucléaire, dans les années cinquante, on a pris la précaution de construire d'abord des stations expérimentales chargées d'étudier les réacteurs et de s'assurer de leur sécurité. Omega Un a été la première de ces bases de recherche. Une fois son rôle d'étude terminé, on l'a fermée et abandonnée à la forêt.

— Dans quel but les joyeux habitants de Lesser

Malling voudraient-ils la remettre en fonctionnement ?

— Je crains de deviner la réponse. Tom Burgess l'avait compris, lui aussi. Il y a fait allusion quand il t'a parlé de réaction en chaîne. Comme toi, j'ai d'abord cru qu'il s'agissait de la précipitation des événements, puis je me suis souvenu qu'une réaction en chaîne est également un terme technique utilisé en physique nucléaire pour désigner la succession de phénomènes qui se produit au sein du réacteur. Une réaction en chaîne incontrôlée peut tuer des milliers de gens et détruire une vaste région.

— Et vous pensez que...

— Que c'est leur objectif, oui, soupira Richard. Moque-toi de moi si cela te fait plaisir, mais je reste convaincu que cette Elvira Crow et ses complices projettent d'anéantir le Yorkshire.

— Pour quelle raison ?

— Dieu seul le sait. J'ignore d'ailleurs si c'est techniquement possible et j'ai la ferme intention de m'en assurer. Le savant qui a tenu la conférence de presse à laquelle j'ai assisté vit à York. Il s'appelle Sir Matthew Marsh. C'est lui qui a dirigé les travaux d'Omega Un. Il est à la retraite, maintenant, mais si quelqu'un peut nous éclairer, c'est bien lui. »

Martin ne put retenir un nouveau bâillement. Deux heures du matin n'était guère une heure propice à une leçon de physique nucléaire, cependant Richard ne s'en souciait pas le moins du monde. Il était complètement passionné par son sujet.

« Il y a pourtant deux points qui clochent dans ma théorie, reprit-il avec animation.

— Lesquels ?

— Premièrement : ton rôle dans cette histoire. Sincèrement, je ne comprends pas l'importance que tu sembles avoir à leurs yeux. Tu es un garçon ordinaire et...

— Merci !

— Bref... Deuxièmement : cette fameuse porte du Diable. On n'en trouve mention dans aucun ouvrage et personne n'en a entendu parler. Or Tom Burgess l'a jugée essentielle au point d'en tracer le nom sur le mur avant de mourir.

— Il s'agit peut-être d'un autre terme technique en rapport avec l'énergie nucléaire ? suggéra Martin.

— Non, j'ai vérifié. Pourtant je suis persuadé que c'est la clef du mystère. Il faut absolument en découvrir la signification.

— Comment ?

— Quel était ce livre que tu as consulté à la bibliothèque de Greater Malling, et dont le chapitre concernant la forêt de Lesser avait été arraché ?

— Je ne me rappelle plus le titre exact. *Excursions aux environs de Greater Malling*, par... Dorothy Gallop, il me semble.

— Tu en es certain ?

— Non... Je me souviens ! C'était Dorothy Trotter.

— Parfait. Une fois que nous aurons rencontré Sir Matthew Marsh, nous nous occuperons de cette Dorothy Trotter.

— Elle pourrait nous aider, à votre avis ?

— C'est une chance à tenter. Peut-être révélait-elle des informations sur la porte du Diable, ce qui expliquerait qu'on ait mutilé son livre.

— Comment retrouverons-nous son adresse ?

— Par mon journal. »

Martin bâilla à nouveau et, cette fois, Richard s'en aperçut.

« Excuse-moi, je t'empêche de te reposer, reprit-il gentiment. Tu dois tomber de fatigue. Va dormir.

— Où ?

— Dans la chambre d'amis, au bout du couloir. Les draps ne sont peut-être pas immaculés mais...

— Cela n'a aucune importance. Je serais capable de dormir dans une porcherie. »

Quelques minutes plus tard, Martin disparaissait déjà sous les couvertures quand Richard vint frapper à sa porte.

« Je venais juste m'assurer que tu n'avais besoin de rien.

— Non, tout va bien, merci. Oh... Richard, il y a une chose que vous avez oublié de m'expliquer.

— Laquelle ?

— Si vous ne m'avez pas cru, lorsque je suis venu à votre bureau, que faisiez-vous sur cette route, au beau milieu de la nuit ? Et pourquoi vous êtes-vous renseigné sur la porte du Diable ?

— Eh bien... je ne t'ai pas cru tout de suite, c'est vrai. Puis j'ai longuement réfléchi et deux détails ont piqué ma curiosité. J'ai donc décidé d'aller juger moi-même sur place.

— À cette heure de la nuit ?

— Après la fermeture des pubs, précisa Richard.

— Quels détails vous ont intrigué ?

— L'allusion de Burgess à une réaction en chaîne. Le terme s'est aussitôt associé dans ma mémoire avec un problème d'énergie nucléaire. J'ai vérifié et cela a changé mon opinion à ton égard. J'ai conclu que tu ne pouvais logiquement mentir sur un sujet scientifique dont tu ne connaissais pas grand-chose. Donc, une partie de ton histoire était vraie.

— Et le second détail ? »

Le journaliste hésita.

« Eh bien... je ne t'en ai pas parlé parce que je ne suis pas certain qu'il ait un rapport quelconque avec les autres événements.

— J'aimerais quand même l'entendre.

— En me racontant ta première visite au village, tu as dit t'être arrêté à la pharmacie sur la demande d'Elvira.

— Pour lui rapporter une pommade. Et alors ?

— Le pharmacien a mentionné l'une des substances de cette pommade. Si mes souvenirs sont bons, il s'agissait d'aconit. Sais-tu ce qu'est l'aconit, Martin ?

« — Je n'en ai pas la moindre idée.

— L'*Aconitum napellus*, plus communément appelé peste du loup, est une plante. On en extrait l'aconitine, qui, à certaine dose, est un poison mortel.

— En l'occurrence, il entrait seulement dans la composition d'une pommade, objecta Martin.

— C'est précisément ce qui m'a intrigué. À ma connaissance il n'existe qu'une seule sorte d'onguent contenant de l'aconitine, et dans lequel on mélange aussi un autre extrait de plante dangereuse appelée belladone. Et je t'assure que ce n'est pas une pommade pour soigner l'acné !

— À quoi sert-elle ?

— On dit que les sorcières l'utilisaient autrefois, grimaça Richard. Elles s'en couvraient le corps, le samedi soir, avant de célébrer leurs messes noires. Il paraît que cela favorisait leurs communications avec le diable. »

# 12

# RÉACTION

« Ridicule ! Tout à fait ridicule ! Désolé, mon cher, mais votre hypothèse est vraiment absurde. »

Sir Matthew Marsh était assis sur un antique fauteuil, les mains croisées sur ses genoux. C'était un homme d'une soixantaine d'années, grand, aristocratique, les cheveux argentés soigneusement coiffés, les ongles manucurés. Bien que ce fût un samedi matin, il portait un costume trois-pièces gris anthracite rehaussé d'une pochette de soie et d'une fleur à la boutonnière. Ses chaussures luisaient comme un miroir.

Il avait accueilli Richard et Martin dans le salon de son appartement qui dominait la rivière. C'était une pièce spacieuse, élégante et assez inconfortable. Chaque objet y semblait si précieux que Martin osait à peine bouger de crainte de renverser quelque chose. Il se sentait même honteux de poser ses pieds sur l'épaisse moquette.

« Donc, vous ne me croyez pas, Sir Matthew, soupira Richard.

— Mon cher, la question n'est pas que je vous croie ou non. Je suis un homme de science, donc je travaille sur des faits. Or les faits paraissent vous manquer cruellement.

— Je ne comprends pas, je...

— Précisément, l'interrompit Sir Matthew. Vous ne comprenez pas ce dont vous parlez et c'est là l'ennui.

— Pourriez-vous être plus explicite, Sir Matthew ?

— Soit. Pour commencer, vous mentionnez une centrale nucléaire. Première erreur ! Omega Un n'est plus une centrale nucléaire. C'est une coquille vide.

— Supposons cependant que des individus se soient arrangés pour la remettre en activité, insista le journaliste.

— Deuxième erreur, monsieur Cole. C'est impossible, et cela pour une centaine de raisons. Le combustible, par exemple. Omega nécessite des barreaux d'uranium naturel en Magnox. Ne me demandez pas de précisions mais sachez seulement qu'on ne se le procure pas chez l'épicier du coin. Même si vous possédez une mine d'uranium, vous ne pouvez transformer votre minerai brut en combustible sans d'énormes ressources financières et beaucoup de savoir-faire. Vos villageois apprentis sorciers sont recalés d'office !

— Pourtant, Martin les a vus décharger une caisse.

— Votre jeune ami a vu une caisse. Parfait ! Supposons même que cette caisse contienne de l'uranium, et non pas des œufs de Pâques ou des soldats en plastique. Bien, admettons qu'ils disposent de combustible et que la centrale soit en état de fonctionnement, ce qui est impossible je vous le répète. Où vont-ils trouver les ingénieurs capables de mettre le réacteur en marche ? C'est plus compliqué qu'un jouet mécanique, vous pouvez me croire. »

Richard cherchait désespérément des arguments à opposer à Sir Matthew, mais le savant avait raison. Tout cela paraissait incohérent.

« Supposons quand même que les villageois parviennent à relancer Omega Un, dit-il d'une voix mal assurée.

— Hors de question ! trancha Sir Matthew.

— Je vous en prie, Sir Matthew. En partant de cette hypothèse... Pourraient-ils provoquer une réaction en chaîne incontrôlée ?

— La réponse est oui, admit Sir Matthew. Théoriquement, c'est possible. Cependant vous semblez surestimer les dégâts provoqués par une telle explosion, monsieur Cole. Omega Un était une base expérimentale, ne l'oubliez pas. Cela signifie qu'on s'est entouré d'un maximum d'écrans de sécurité. Les murs sont très épais, croyez-moi, et capables de contenir le souffle de l'explosion... du moins en grande partie. Le Yorkshire ne serait pas rasé, monsieur Cole. C'était d'ailleurs l'une des raisons du choix de ce site pour l'implantation d'Omega Un. Les installations sont isolées en pleine forêt. Si un incident était survenu pendant les recherches, personne ne s'en serait aperçu !

— Et les autres, Sir Matthew ?

— Pardon ?

— Les autres raisons du choix de ce site ?

— Ah... oui. Les nappes d'eau souterraines. Vous savez que les centrales nucléaires nécessitent une constante alimentation en eau. Une rivière coule sous la forêt de Lesser Malling. »

La conversation était close.

« Désolé de vous avoir fait perdre votre temps, Sir Matthew, s'excusa Richard en se levant.

— Pas du tout, mon cher, protesta poliment le savant. Au contraire, je suis ravi de cet entretien !

— Ravi ?

— Bien sûr ! Je ne m'occupe plus d'Omega Un depuis bien longtemps, néanmoins votre récit me trouble.

— Je ne vous comprends plus, Sir Matthew.

— Sans préjuger des conclusions, il est évident que des plaisantins ont pénétré dans la centrale. C'est une violation de propriété d'État et je tiens à y mettre bon ordre.

— Comment comptez-vous procéder ?

— Je vais rapporter l'affaire à la police. Un nouveau

cadenas suffira peut-être à intimider les importuns. Parallèlement, je demanderai aux autorités responsables de l'Énergie atomique d'effectuer une vérification des lieux.

— Excellente idée, l'approuva Richard.

— Personnellement, j'étais partisan de détruire Omega Un, une fois son objectif atteint. Mais on a dû y renoncer pour des raisons financières. En outre, ainsi que l'avait observé le ministre de l'époque, la nature est le meilleur agent de démolition. Quoi qu'il en soit, mes amis, rassurez-vous. Il est impossible d'allumer le moindre feu de bois dans cette forêt humide, et encore moins de provoquer une explosion nucléaire ! »

Sir Matthew se leva. L'entretien était terminé.

« Vous avez été très aimable de nous recevoir, le remercia Richard sur le pas de la porte.

— Cela ne me regarde sans doute pas, mais quels sont vos projets, à présent, monsieur Cole ?

— Nous nous rendons à Manchester, cet après-midi, pour rencontrer une femme qui connaît bien les environs de Lesser Malling. Ensuite, je tenterai d'entrer en contact avec le professeur Griffin.

— Griffin ? Je le connais bien. C'est un homme remarquable. Je crois savoir qu'il travaille au Muséum d'histoire naturelle de Londres, ces temps-ci. Si vous rencontrez des difficultés pour obtenir un entretien, recommandez-vous de moi. Je me flatte de croire que Griffin se rappellera mon nom.

— C'est très aimable à vous, Sir Matthew.

— Je vous en prie, mon cher. C'est le moins que je puisse faire. »

« Quelle est ton impression ? questionna Richard alors que la voiture quittait les faubourgs de York pour s'engager sur la route de Manchester.

— Sir Matthew nous a reçus aimablement mais il ne nous a guère aidés.

— C'est le moins que l'on puisse dire, soupira le journaliste après avoir copieusement invectivé un automobiliste qui venait de leur couper la route. En tout cas, je suis certain qu'il nous a caché la vérité.

— Tu crois qu'il fait partie du complot ? sursauta Martin.

— Non, c'est peu vraisemblable. Cependant, si notre histoire lui paraît si ridicule, pourquoi envisage-t-il de prévenir la police et de demander l'ouverture d'une enquête auprès des autorités ? La centrale doit encore contenir quelque chose qu'il préfère tenir secret.

— Pourquoi, puisqu'elle est désaffectée ?

— Dès que l'on s'intéresse à un domaine aussi controversé et sensible que l'énergie nucléaire, tout le monde devient cachottier. Personne n'ose jamais admettre la moindre anicroche ni le moindre incident, surtout en face d'un journaliste ! Les responsables arborent toujours de larges sourires et jurent leurs grands dieux qu'il n'y a aucune raison de s'inquiéter.

Pourtant ils crèvent de peur au point de faire pipi dans leur pantalon, si tu me pardonnes l'expression.

— À ton avis, Richard, comment va procéder Sir Matthew ?

— Il va probablement se renseigner, poser des questions, déclencher une enquête peut-être. J'espère en tout cas qu'il provoquera des réactions », ajouta le journaliste avant de s'absorber dans de profondes réflexions.

Martin respecta son silence pendant un long moment et esquissa une moue désappointée en remarquant les fils arrachés de l'autoradio qui pendaient sous le tableau de bord.

« Tu es marié, Richard ? » demanda-t-il subitement. Le journaliste éclata de rire.

« Pourquoi cette question ?

— Réponds-moi. Es-tu marié ?

— Je suis marié à mon travail.

— Tu as une petite amie ?

— Je fréquente une... machine à écrire depuis cinq ans. Elle est un peu vieille et bruyante mais d'une fidélité absolue ! »

Le journaliste répondit de la même façon évasive à toutes les questions personnelles que lui posa Martin mais se laissa néanmoins arracher quelques révélations sur son passé. Richard Cole avait vingt-six ans. Il avait fréquenté un collège privé. Ses parents étaient divorcés. Son père, un homme d'affaires prospère, habitait Londres mais il ne l'avait pas vu depuis des années. Sa mère vivait au Canada avec son second mari. Richard n'avait ni frères ni sœurs. Il espérait devenir un jour journaliste dans un grand quotidien de Londres.

« Pourquoi t'es-tu fâché avec ton père, Richard ?

— Parce qu'il refusait de me laisser travailler dans un journal. Il exigeait que je choisisse les boutons.

— Les boutons ?

— L'entreprise familiale. Les Cole fabriquent des boutons depuis des générations ! Mais j'ai toujours désiré écrire. Pourquoi t'intéresses-tu à mon passé ?

— J'essaie seulement de comprendre les motifs qui te poussent à me venir en aide, répondit Martin.

— Moi aussi, j'aimerais comprendre », murmura Richard.

Édith Trotter habitait une petite maison dans un faubourg de Manchester. Dorothy Trotter, sa mère, était morte en 1959 alors qu'elle poursuivait des recherches en vue de son prochain livre : *Promenades paisibles à travers les pâturages du Pembrokeshire*. L'essaim d'abeilles qui l'avait attaquée avait brutalement interrompu sa longue histoire d'amour avec la nature. Sa fille Édith s'était toutefois déclarée enchantée de recevoir Richard et Martin lorsqu'ils lui avaient téléphoné.

Richard pressa la sonnette. La porte s'ouvrit presque aussitôt, alors qu'il était en train de rajuster son nœud de cravate.

« Mlle Trotter ? s'enquit-il en toussotant.

— Monsieur Cole ? rétorqua la femme. Entrez, je

vous en prie. Mais soyez assez aimables pour laisser vos chaussures sur le paillasson. On ne sait jamais dans quoi l'on marche.

— Vous avez raison, on ne sait jamais, l'approuva Richard en s'exécutant.

— Et vous, ajouta Mlle Trotter en se tournant vers Martin, vous êtes le jeune garçon dont monsieur Cole m'a parlé, je suppose ?

— Je m'appelle Martin Hopkins », répondit-il en passant devant elle.

Mlle Trotter portait une stricte jupe de tweed et un chemisier de soie sombre avec une énorme fleur artificielle épinglée sur le plastron. Son corps croulait sous les bijoux de pacotille : un chapelet de perles imitation marbre autour du cou, des boucles d'oreilles tarabiscotées en argent, une demi-douzaine de broches éparpillées et au moins autant de bagues. C'était une femme massive, épaisse. Elle se déplaçait avec difficulté en s'appuyant sur une lourde canne. À l'exception d'un rouge à lèvres criard, son visage ne portait aucun maquillage. Ses yeux avaient une couleur laiteuse et semblaient étrangement traverser ses interlocuteurs, plutôt que de se poser sur eux.

Martin et Richard la suivirent dans un étroit couloir encombré de mobilier parfaitement superflu. Martin compta notamment trois patères à chapeaux qui ne supportaient aucun chapeau. Mlle Trotter poussa une porte cintrée et les introduisit dans un salon dont les doubles rideaux étaient fermés. À l'image du couloir, la pièce ressemblait à un bric-à-brac qui aurait horrifié n'importe quel brocanteur. Sur les nombreuses tables (trop petites pour être utilisables) s'entassaient d'innombrables bibelots insolites et sans aucun intérêt, tels que des statues de chiens en plâtre ou des œufs d'autruche en albâtre.

« Asseyez-vous, je vous en prie », les invita Mlle Trotter en se laissant lourdement choir dans un fauteuil si profond qu'il parut l'absorber.

Elle s'exprimait d'une voix aigrelette qui produisait sur les nerfs de ses interlocuteurs le même effet que le raclement d'un ongle sur le tableau noir.

« Notre visite concerne plus particulièrement votre mère, commença Richard.

— Oui, je sais. Maman m'avait annoncé votre appel.

— Je vous demande pardon ? sursauta le journaliste avec un sourire gêné. Il m'avait semblé comprendre que... votre mère était décédée.

— C'est exact, monsieur Cole. Maman a succombé à des piqûres d'insectes en 1959.

— Dans ce cas...

— Cela ne l'empêche pas de me visiter fréquemment, le coupa Mlle Trotter. Maman fêterait son cent unième anniversaire la semaine prochaine... sur terre, bien entendu.

— Seriez-vous... médium, mademoiselle Trotter ? grimaça Richard.

— Je pensais que c'était la raison même de votre venue, monsieur Cole.

— Un médium ? murmura Martin en se penchant vers son ami.

— Mlle Trotter parle avec les morts. Du moins le croit-elle, lui glissa Richard.

— Je communique avec les âmes des défunts, rectifia sèchement Mlle Trotter. La croyance n'entre pas en ligne de compte ! J'ai pour règle de ne jamais recevoir les représentants de la presse. Ne me faites pas regretter ma faiblesse. Je trouve les journalistes grossiers et mal informés. Il y a deux semaines, j'ai discuté avec l'ancien rédacteur en chef du *Manchester Evening News*. Comme tous ses confrères, il a refusé catégoriquement de croire à mes dons extra-sensoriels. Le plus drôle, c'est qu'il était lui-même mort depuis sept ans ! Ah... ces journalistes !

— Désolé, mademoiselle Trotter, je ne voulais pas me montrer impoli. En réalité, nous souhaiterions consulter un ouvrage écrit par votre mère et qui s'intitule : *Promenades aux environs de Greater Malling.*

— Il fallait vous expliquer plus clairement au téléphone, monsieur Cole. Je ne possède aucun exemplaire de cet ouvrage.

— Mais pourtant...

— Il n'y a pas un seul livre dans cette maison, monsieur Cole, le coupa Mlle Trotter. Peut-être ne l'avez-vous pas encore remarqué, mais je suis aveugle. »

Martin tressaillit. Si Mlle Trotter était aveugle, pourquoi ne cessait-elle de le fixer ?

« Oh ! je... je suis navré, marmonna Richard.

— Et moi je me demande ce que ce livre possède de si important pour vous faire entreprendre un si long voyage ?

— Nous pensons y trouver un renseignement concernant... la porte du Diable. »

Si Richard cherchait à provoquer une réaction, il y parvint. Mlle Trotter se raidit sur son siège.

« Vous avez dit : la porte du Diable ? murmura-t-elle.

— Vous savez de quoi il s'agit ?

— Non, mais j'ai entendu prononcer ce nom.

— Où ?

— Dans le monde des esprits, monsieur Cole. Habituellement, c'est un monde paisible, or il a récemment subi de profonds bouleversements. Les esprits ont peur. Ils semblent redouter une chose en rapport avec cette porte du Diable. J'ai interrogé mon guide à ce sujet mais il s'est fâché. Il a brisé un vase et renversé mon mobilier. Je n'ai pas osé le questionner davantage.

— Les esprits peuvent déplacer les objets ? intervint Martin.

— Bien sûr. Toutefois ce n'est pas une manifestation saine, ni bénéfique. Pourquoi cette question, jeune homme ?

— Oh... pour rien, murmura Martin qui gardait en

mémoire le spectacle de la chambre dévastée de Tom Burgess.

— Eh bien, merci de nous avoir reçus, mademoiselle Trotter, reprit Richard d'un ton pressant en faisant signe à Martin de se lever. Nous ferions mieux de rentrer, maintenant, et...

— Un instant, monsieur Cole, le coupa Mlle Trotter d'un ton de commandement. Vous ne devez pas vous sentir gêné à cause de mon infirmité. Admettez seulement que je vois les choses d'une façon différente de la vôtre. D'ailleurs, je suis privilégiée. Peu de gens ont la chance de posséder ma clairvoyance, ajouta-t-elle d'un ton songeur en faisant face à Martin.

— J'en suis certain, mademoiselle Trotter, lui assura Richard.

— Pas de condescendance avec moi, monsieur Cole ! se fâcha Mlle Trotter sans quitter Martin de ses yeux blancs. Confiez-moi vos intentions réelles. Le monde des esprits est troublé, je vous le répète. Un danger terrible nous guette. Y êtes-vous mêlés ?

— Désolé, j'ignore à quoi vous faites allusion, rétorqua Richard.

— C'est bien la preuve que je vois plus clair que vous. Ce garçon, lui, sait de quoi je parle.

— Martin ?

— Viens, mon petit, poursuivit Mlle Trotter en tendant la main. Approche-toi. »

Martin quitta son siège pour s'avancer vers elle, fasciné malgré lui par l'éclat laiteux de ses yeux. Elle lui saisit brutalement le bras et le serra ainsi pendant de longues minutes, le visage creusé, le regard agrandi et fixe. Puis elle le relâcha subitement, comme s'il était contagieux, et se détourna.

— Je le savais, grommela-t-elle. Je l'ai su dès la première seconde. Mon Dieu, quel pouvoir ! Je n'ai encore rien perçu de si fort... Qui es-tu, Martin ? Qui es-tu ? ajouta-t-elle d'un ton pressant, le souffle court.

— Mais je...

— Pourquoi es-tu venu à moi ? Que me veux-tu ?

— Rien. Nous cherchions simplement le livre de...

— Partons, Martin, les interrompit précipitamment Richard. Inutile de nous accompagner, mademoiselle Trotter, nous retrouverons la sortie. Merci de nous avoir reçus... »

Richard était déjà dans le couloir, entraînant Martin derrière lui. Arrivé sur le trottoir, il chercha fébrilement ses clefs de voiture et ouvrit la portière.

« Monte vite ! ordonna-t-il à Martin au moment même où Mlle Trotter apparaissait sur le seuil de sa porte.

— Ne partez pas, monsieur Cole ! lança-t-elle de sa voix aigrelette. Je ne cherchais pas à vous effrayer. Simplement je perçois des choses que vous ne voyez pas. Laissez-moi vous expliquer ! Il faut que vous compreniez... »

Trop tard. Richard avait déjà embrayé et la voiture démarra dans un grand crissement de pneus.

« Mince alors ! s'écria le journaliste. Quelle folle ! »

Martin se retourna. Malgré la pluie qui tombait maintenant à verse, Mlle Trotter se tenait toujours sur le trottoir, immobile.

« Richard, pourquoi étais-tu si pressé de partir, tout à coup ?

— Je connais la chanson ! Les médiums ! D'abord ils t'attaquent avec leur couplet sur les fantômes et les guides spirituels, et ensuite tu te retrouves autour d'une table, les doigts croisés avec d'autres nigauds, pendant qu'ils bavardent avec ta grand-mère défunte ! À la fin, c'est toi qui règles l'addition.

— C'est la seule raison qui t'a poussé à partir ?

— Non, je l'avoue, soupira Richard avec un petit sourire. Mlle Trotter m'a donné une frousse terrible. Les meubles qui se renversent, les vases qui se brisent ? Allons, Martin, ne me dis pas qu'elle n'est pas folle !

— Je me le demande », murmura Martin.

# 13

# HISTOIRE SURNATURELLE

Le taxi démarra devant la gare de King's Cross pour s'engouffrer dans la circulation d'Euston Road. C'était un lundi après-midi, le 25 avril, et il faisait beau.

« Qui est exactement le professeur Griffin ? questionna Martin.

— Un expert, lui répondit Richard.

— En quoi est-il expert ?

— En tout, ou presque. Le professeur Leonard Griffin doit avoir écrit un ouvrage de référence sur tous les sujets scientifiques imaginables. C'est un homme remarquable et un savant renommé.

— Tu crois qu'il peut nous aider ?

— Si quelqu'un connaît la porte du Diable, c'est lui », assura le journaliste.

Le Muséum d'histoire naturelle se reconnaissait au premier coup d'œil grâce à ses briques rouges et bleues, à ses deux tours, et à la ménagerie d'animaux en pierre qui en ornait les moindres recoins. Martin et Richard se présentèrent juste au moment de la fermeture, alors qu'un flot de visiteurs se déversait dans les allées.

« Quels travaux effectue le professeur, au Muséum d'histoire naturelle ? s'enquit Martin.

— Il travaille sur les dinosaures, je crois. »

Les dinosaures ne manquaient pas, en effet. Au-dessus de l'entrée principale, le crâne gigantesque d'un animal préhistorique accueillait les visiteurs, et le squelette reconstitué d'un dinosaure trônait dans une vitrine. Le vaste hall, avec ses innombrables arcades, son toit de verre et d'acier, son large escalier et son dallage de mosaïque ressemblait à la fois à une église et à une gare de chemin de fer.

Un gardien leur indiqua la direction du bureau du professeur, situé sur une mezzanine qui surplombait le hall principal. Ils empruntèrent donc le large escalier et suivirent la coursive circulaire. Richard frappa un coup sec à la porte. Une voix étouffée les invita à entrer.

La pièce abritait au moins cinq mille livres. Il y en avait partout, sur des étagères, dans des armoires, empilés sur le sol. Au-dessus des rayonnages, les murs étaient couverts de graphiques, de cartes, de plans. On trouvait aussi des dizaines de spécimens de toutes sortes : des araignées et des serpents flottant dans des bocaux de verre, des papillons épinglés sur des panneaux de bois, des fleurs séchées, des fragments de roches ou de cristal. Une lance un peu tordue, relique des débuts de l'âge du fer, reposait contre le dossier d'un fauteuil et, dans un coin de la pièce, un squelette humain grimaçait un sourire à l'adresse des visiteurs.

Le professeur Griffin, assis derrière son bureau, rédigeait des notes tout en mangeant distraitement un sandwich au jambon. Grand, l'air fatigué, des cheveux gris et longs, une moustache, les joues creuses et la peau parcheminée, il était vêtu d'un costume de tweed et d'un nœud papillon à pois.

« Monsieur Cole, je suppose ? lança-t-il en levant les yeux sur les nouveaux venus. Asseyez-vous, je vous en prie. Ne vous offusquez pas si je termine mon déjeuner. Je suis en retard dans mes travaux. Les sandwichs ne constituent pas un repas idéal, surtout quand on songe à leur structure moléculaire, mais tant pis. Vous avez faim, jeune homme ? ajouta-t-il à l'adresse de Martin.

— Non merci, répondit Martin en ôtant un oiseau empaillé d'une chaise pour s'asseoir.

— En quoi puis-je vous être utile, monsieur Cole ?

— J'aimerais que vous me fournissiez certains renseignements, professeur Griffin.

— Au sujet des dinosaures, je suppose ?

— Justement... non.

— Dommage. En ce moment, les dinosaures

141

occupent tout mon esprit. Avez-vous remarqué les superbes spécimens exposés dans le hall ?

— Ils ne risquent pas de passer inaperçus, observa Richard à voix basse.

— C'est un sujet d'étude passionnant, poursuivit le professeur avec animation. Je viens tout juste d'organiser cette exposition de fossiles. Et ce ne sont pas des moulages de plâtre, comme à l'habitude, mais d'authentiques ossements ! Le diplodocus, qui se trouve près de l'entrée principale, a environ cent cinquante millions d'années. C'est probablement le plus grand animal qui ait jamais vécu sur terre. On a acheminé son squelette des États-Unis, fragment par fragment, pour le reconstituer ici. Nous avons également l'effrayant cératosaure, une acquisition récente, et bien entendu notre paracyclotosaure. Une brute féroce, celui-là. On le confond souvent par erreur avec un crocodile... »

Martin commençait à se demander si le professeur, une fois lancé sur son sujet favori, s'arrêterait de parler. Richard dut se poser la même question car il l'interrompit d'un ton ferme.

« Tout cela est fort intéressant, professeur Griffin, mais le renseignement dont nous avons besoin ne concerne en rien les dinosaures.

— Que désirez-vous savoir, au juste ?

— Avez-vous jamais entendu parler de la porte du Diable, professeur ?

— En effet, nous sommes bien loin des fossiles,

marmonna le professeur en se penchant en avant, la mine perplexe.

— Donc, vous savez de quoi il s'agit ! s'exclama Martin.

— Je n'ai pas dit cela, se défendit-il.

— Mais vous le savez, n'est-ce pas ?

— Je suis désolé, soupira Leonard Griffin en ouvrant un dossier devant lui. Je vous le répète, j'ai pris du retard dans mon travail. Si votre question avait concerné mes recherches en cours, j'aurais pu vous aider mais, dans la situation présente, je vous serais reconnaissant de vous retirer.

— Professeur Griffin, pour nous c'est une question vitale ! protesta Richard avec véhémence. Si vous connaissez quoi que ce soit sur la porte du Diable, vous devez nous l'apprendre.

— Désolé, mais je ne me sens aucun devoir envers vous, répliqua sèchement le professeur. Vous perdez votre temps et vous me faites perdre le mien. Je vous prie de me laisser et de rentrer chez vous.

— Chez nous ? explosa Martin. Je n'ai pas de "chez moi", professeur Griffin ! Mes parents sont morts et personne ne se soucie de moi. On m'a expédié dans un village infect du Yorkshire où je suis obligé de vivre avec une femme odieuse qui projette de me tuer, pour le cas où je ne mourrais pas de peur avant. J'ai été pourchassé par des chiens fantômes et Dieu sait quoi encore. Le seul homme qui ait tenté de m'aider l'a payé de sa vie. On l'a assassiné et personne ne veut le croire. Comment osez-vous me dire de rentrer chez moi ? Pourquoi refusez-vous de m'aider ?

— Martin, calme-toi, l'interrompit Richard en se levant. Veuillez nous excuser, professeur, nous...

— Non, ne vous excusez pas. C'est moi qui suis à blâmer, soupira Griffin. Veuillez pardonner ma brusquerie et asseyez-vous, je vous en prie... J'ai sans doute toujours pressenti que quelqu'un viendrait me poser des questions et je le redoutais. Mais vous avez raison, mon garçon, je n'ai pas le droit de vous renvoyer. Vous avez mentionné le Yorkshire, je suppose que vous venez de Lesser Malling ?

— Comment le savez-vous ? sursauta Martin.

— Mieux vaut commencer par me raconter tous les événements qui vous ont conduits jusqu'à moi. Et n'omettez aucun détail. »

Dehors, un chien hurla. La lune pâle s'effaça derrière un chapelet de nuages. Un gardien qui patrouillait dans les jardins du muséum s'arrêta et se gratta la nuque. Quelque chose d'anormal flottait dans l'air, il le sentait. Il perçut un craquement de brindille et se retourna en braquant sa torche électrique.

« Qui est là ? » lança-t-il d'une voix forte.

Il esquissa un sourire et éteignit sa torche en s'apercevant que le craquement ne provenait pas d'une brindille mais d'un des lampadaires de l'allée dont l'ampoule venait d'éclater.

« Pas de quoi piquer une crise de nerfs », grommela-t-il entre ses dents.

Mais une deuxième ampoule claqua. Puis une troisième, une quatrième. Très vite, toutes les lumières de l'allée s'éteignirent et les pelouses furent plongées dans l'obscurité.

« Nom d'un chien ! »

Il ralluma sa torche. L'ampoule explosa dans sa main et un filet de fumée s'en échappa. Le gardien lâcha sa lampe et détala dans la nuit, saisi d'une panique irraisonnée. Il ne ralentit sa course qu'en arrivant à la station de métro de Kensington, cinq cents mètres plus loin.

Cependant, Martin venait de terminer son récit. Il s'affaissa contre le dossier de sa chaise et frissonna. Il faisait très froid dans le bureau tout à coup, bien que ni le professeur ni Richard ne parussent le remarquer.

« Quel est votre avis, professeur Griffin ? » questionna le journaliste.

Le savant alluma la lampe de bureau et les ombres reculèrent.

« Si je vous avais congédiés sans vous écouter, jamais je ne me le serais pardonné. Prions pour qu'il ne soit pas trop tard.

— Trop tard pour quoi ? s'enquit Martin.

— Savez-vous quelle date nous serons, samedi prochain ?

— Le 30 avril, répondit Richard.

— Visiblement, vous n'êtes pas au courant. Comment le seriez-vous, d'ailleurs ! Quoi qu'il en soit, mes amis, vous ne devez en aucun cas retourner dans le Yorkshire. Si vous ne savez où loger à Londres, je vous hébergerai avec plaisir.

— C'est hors de question, protesta Richard. Je dois absolument me présenter au journal demain matin. En outre, j'ai déjà acheté nos billets de retour pour bénéficier du tarif réduit.

— Décidément vous ne comprenez rien ! s'emporta le professeur. Qu'importent deux billets de train ! Si seulement la moitié de mes prévisions se réalise, nous courons tous les trois un terrible danger.

— C'est absurde, marmonna Richard.

— Absurde ? Si j'avais rendu public ce que je vais vous confier maintenant, ma réputation se serait effondrée d'un seul coup et on n'aurait plus accordé aucun crédit à mes travaux. Absurde, oui, du moins dans le monde réel. Toutefois il existe un autre monde, monsieur Cole. Un monde qui nous environne mais que seuls quelques excentriques acceptent de reconnaître, tandis que la majorité juge plus prudent de l'ignorer. »

Le professeur quitta son siège pour aller allumer le plafonnier. Les ombres refluèrent encore, pour se réfugier dans les coins de la pièce.

« La porte du Diable, reprit-il d'un ton grave. C'était le nom donné à un étrange assemblage circulaire de pierres, situé autrefois dans la forêt de Lesser Malling. Dorothy Trotter le mentionnait dans son livre. On a répertorié au moins six cents de ces ensembles mégalithiques en Grande-Bretagne, le plus connu étant celui de Stonehenge.

— À quoi servaient ces monuments ? demanda Martin.

— Ils sont très mystérieux. Prenons l'exemple de Stonehenge. Personne n'a pu en établir véritablement la signification. Il en existe pourtant une, puisque des hommes ont consacré un million d'heures de travail pour l'ériger. Les pierres, dont certaines pèsent cinquante tonnes, ont été acheminées à travers tout le pays et leur édification représente de fabuleuses connaissances techniques. On ne s'est pas donné tout ce mal dans un simple but décoratif !

— Dans quel but, alors ?

— Certains archéologues affirment que Stonehenge servait de temple. D'autres prétendent que les pierres possédaient un pouvoir magique. D'autres encore y voient un observatoire qui permettait de calculer les éclipses solaires. Bref, on a échafaudé une centaine de théories dont aucune n'est réellement satisfaisante.

— Vous parlez de Stonehenge, mais Lesser Malling ? s'impatienta Richard.

— J'ai la conviction que Stonehenge n'est rien d'autre qu'une copie, la reproduction d'un cercle de pierres érigé des milliers d'années auparavant...

— La porte du Diable ? suggéra Martin.

— Exactement. La porte du Diable est l'édifice original, les autres ne sont que des imitations.

— Pourquoi a-t-elle disparu ?

— C'est le fond du problème, soupira le professeur. Un grand nombre de cercles ont été détruits au cours des âges. Certains par des fermiers désireux de récupérer du terrain cultivable, d'autres à cause de l'extension des villes. Les derniers se sont tout simplement écroulés. Cependant, un événement extraordinaire s'est produit dans le cas de la porte du Diable : l'édifice a été délibérément démantelé au Moyen Âge. Chaque bloc de pierre a été réduit en poussière, puis cette poussière a été transportée aux quatre points cardinaux du pays pour être dispersée dans la mer. Les gens y voyaient un tel pouvoir maléfique qu'ils se sont appliqués à en éparpiller les moindres parcelles. Ensuite, plus personne n'y a fait allusion, comme si la porte du Diable n'avait jamais existé. Aujourd'hui encore, nous sommes très peu nombreux à en connaître le nom.

— Comment en avez-vous appris l'existence, professeur ? questionna Richard en allumant une cigarette.

— C'est sans importance. L'essentiel est de comprendre pourquoi la porte du Diable a été détruite de façon si mélodramatique. Et cela, je le crains, est assez complexe. Il faut remonter très loin dans le temps, des millions d'années en arrière, à l'époque des dinosaures, quand l'homme n'était encore qu'un animal. Dans ce temps-là, le monde était régi par des forces... des créatures incroyablement diaboliques qui se repaissaient du chaos environnant. Et notre histoire, telle que nous la connaissons aujourd'hui, commence seulement au moment où ces créatures furent expulsées du monde.

— Qui étaient ces créatures ?

— On les appelait "les Anciens". La porte du Diable fut érigée en guise de barrière symbolique pour les refouler hors du monde. La civilisation, la culture, tout ce qui fait la richesse de notre vie, naquirent et s'épanouirent grâce à la porte du Diable.

— Pourtant vous la disiez maléfique, observa Martin.

— Non, j'ai dit que nos ancêtres du Moyen Âge la croyaient maléfique. C'est compliqué, je vous avais prévenus, mais je vais essayer de vous expliquer aussi clairement que possible. Il existe un petit jeu de société qui consiste à se mettre à plusieurs sur une ligne. Le premier souffle une strophe d'un poème à l'oreille de son voisin, qui répète ce qu'il a entendu à un troisième, et ainsi de suite jusqu'au bout de la rangée. Le dernier énonce alors le poème à haute voix et on s'aperçoit que les paroles n'ont plus aucun rapport avec le texte d'origine. L'histoire de l'humanité a subi les mêmes déformations au cours des siècles, et le phénomène a également touché la porte du Diable. Dans la mémoire collective des hommes du Moyen Âge, le cercle de pierres faisait référence à des choses terribles et, peu à peu, ils en vinrent à assimiler les pierres elles-mêmes aux forces démoniaques. Voilà pourquoi ils résolurent un jour de les détruire.

— Dans ce cas, s'ils ont détruit la porte du...

— Non, monsieur Cole, l'interrompit le professeur. Les pierres furent détruites, pas la porte. Comment vous expliquer... C'est comme une idée. Si vous couchez vos pensées sur une feuille de papier et que vous brûliez ce papier, aurez-vous brûlé vos pensées ? Non, bien sûr. Les pierres ont disparu, la porte est restée.

— Laissez-moi résumer, professeur Griffin, suggéra Richard en allumant une cigarette au mégot de la précédente. Au commencement des temps, le monde vivait sous la domination de créatures du diable appelées les Anciens. D'autres créatures, bienfaisantes celles-là, les chassèrent en les refoulant derrière une barrière connue sous le nom de porte du Diable. Malheureusement, les pierres marquant cette porte symbolique furent démolies au Moyen Âge par des paysans ignorants. Néanmoins, la disparition de l'édifice n'est pas grave puisque la porte existe toujours. C'est bien cela ?

— Exactement, monsieur Cole.

— Parfait, sourit le journaliste. C'est une histoire passionnante, professeur, mais je ne vois vraiment pas en quoi elle nous concerne.

— C'est ce que je m'apprêtais à vous expliquer, monsieur Cole. Vous prendrez ainsi conscience des dangers que vous avez courus. Je vous demande de m'écouter attentivement, insista le savant en détachant ses mots. La porte du Diable est une porte. Or une porte que l'on ferme pour repousser quelque chose à l'extérieur peut, par définition, s'ouvrir. Toutefois celle-ci n'est pas une porte ordinaire, monsieur Cole. L'ouvrir exige un certain... pouvoir, une certaine connaissance. Samedi prochain, dans cinq jours, nous serons le 30 avril. Cette date ne vous évoque rien, pourtant c'est le jour de la "Messe du Crucifix".

— Je n'en ai jamais entendu parler.

— C'est une ancienne célébration de sorcellerie. C'est un jour de Sabbat. Vous commencez à comprendre ?

— Non », mentit Martin en baissant la tête.

Le professeur Griffin se tourna vers lui.

« Mon jeune ami, je ne tiens pas à vous effrayer plus que vous ne l'avez déjà été, néanmoins il est essentiel que vous compreniez. Le pouvoir de la magie noire pourrait se révéler suffisant pour ouvrir la porte...

— La magie noire, maintenant ! s'exclama Richard en ricanant.

— Vous avez le droit de rire, monsieur Cole, poursuivit le professeur du même ton grave. Sachez pourtant que la magie noire est encore pratiquée de nos jours. Le Yorkshire, notamment, a une longue tradition de sorcellerie et, malgré la disparition des sorcières du Moyen Âge, leurs descendants perpétuent les pratiques de génération en génération.

— En quoi Martin est-il impliqué ? l'interrompit Richard avec une moue sceptique.

— N'est-ce pas évident ? Un sabbat s'entoure de manifestations rituelles. Il y a les incantations : ce sont les murmures que Martin a entendus ; il y a le feu : c'est ce qu'il a observé l'autre soir ; et puis il y a... le sang. Un sabbat exige toujours un sacrifice humain. Plus exactement le sacrifice d'un enfant.

— Non ! » hurla Martin en repoussant sa chaise.

Richard bondit à son côté pour l'enlacer d'un bras réconfortant.

« Finalement... nous ferions mieux de rester à Londres quelques jours, murmura-t-il. Votre invitation tient toujours, professeur Griffin ?

— Je serai ravi de vous recevoir chez moi. Allons-y tout de suite, il se fait tard. Nous reprendrons cette conversation demain, j'ai encore beaucoup de choses à vous apprendre. »

Ils étaient tous les trois pressés de partir, à présent. Le professeur Griffin en tête, ils descendirent un premier escalier avant de longer un balcon bordé de vitrines où luisaient les yeux de verre d'animaux empaillés. L'écho de leurs pas résonnait sous la voûte. Puis, tout à coup, à mi-chemin du second escalier, le professeur s'arrêta.

« J'ai oublié d'emporter le livre de Dorothy Trotter ! s'exclama-t-il en se frappant le front. Si ma théorie est exacte, nous y trouverons peut-être la dernière pièce du puzzle. Je remonte dans mon bureau, attendez-moi ici. »

Richard et Martin le suivirent des yeux le long du balcon jusqu'à ce qu'il disparaisse derrière la porte de son bureau.

« Tout cela n'est qu'un mauvais rêve, Martin. Rien ne peut t'arriver, tenta de le réconforter Richard.

— Tu refuses encore d'y croire, n'est-ce pas ?

— Je crois qu'il y a des fous dans le Yorkshire qui projettent de te tuer dans un but bien précis. Le professeur Griffin est d'accord avec moi sur ce point. Mais tout ce qui concerne cette histoire de magie noire n'est que superstition ! Des tas de gens ont juré avoir vu le monstre du Loch Ness, là où il n'y avait qu'une ombre ou un morceau de bois flottant. Ils y croient si fort que la vision prend forme. Moi, je vis dans le réel, Martin. Je suis journaliste, je traite des faits, pas des rêves. Crois-moi, les portes magiques et les Anciens appartiennent aux rêves. Chasse-les de ton esprit, ils n'existent pas. »

Ce fut alors qu'un hurlement interrompit brutalement le journaliste. Le cri provenait du bureau du professeur. La porte claqua bruyamment contre le mur et le bruit se répercuta dans le hall comme une explosion. Le professeur Griffin apparut sur le seuil en chancelant, les mains serrées autour d'un objet long et effilé qui saillait de sa poitrine. Il vacilla jusqu'à la rampe du balcon. Un éclair de lumière fit étinceler l'objet. C'était l'antique lance de fer que Martin avait remarquée dans son bureau.

Le professeur tendit la main, tenta vainement de parler, puis s'effondra d'un bloc en avant. L'autre extrémité de la lance pointait dans son dos.

Ce qui se produisit ensuite pétrifia Martin et

Richard. Une seconde silhouette se profila sur le seuil du bureau et avança lentement vers le balcon.

« Impossible, hoqueta le journaliste.

— Richard ! » hurla Martin.

Le squelette humain qu'ils avaient aperçu dans un coin de la pièce s'animait. Il marchait. Et il marchait dans leur direction.

# 14

# OSSEMENTS

Richard fut le premier à réagir. Il agrippa le bras de Martin et l'entraîna vers l'escalier.

« Filons d'ici en vitesse !

— Et le professeur ? On ne peut pas l'abandonner !

— Il n'y a plus rien à faire pour lui, soupira le journaliste.

— Comment peux-tu en être sûr ? »

Ils hésitèrent. Le squelette avançait vers eux avec des craquements sinistres, pourtant le tableau avait une touche comique : les os tenaient ensemble grâce à de petits bouts de fil de fer et les pieds raclaient sur le sol. Sans parler du fait même qu'il pût bouger, bien entendu ! Néanmoins, ni Martin ni Richard ne songèrent à en sourire.

Tout à coup, une sorte de tourbillon agita l'air près de la tête de Martin. Il leva instinctivement un bras devant son visage et trébucha contre Richard qui continuait de contempler le corps du professeur, indécis.

« Que t'arrive-t-il ? s'écria Richard d'un ton affolé.

— Je... je ne sais pas. J'ai senti quelque chose m'effleurer et...

— Quoi ? Qu'as-tu vu, Martin ?

— Je n'ai rien vu, j'ai simplement senti quelque chose. Ça s'est approché, puis c'est reparti.

— Je ne vois rien », décréta Richard d'un ton impatient.

Comme pour le contredire, la chose apparut à nouveau, planant au-dessus d'eux. C'était un oiseau monstrueux, ou plus exactement un squelette d'oiseau, avec des ailes osseuses sans plumes, et des trous à la place des yeux. La tête avait la forme d'un triangle allongé, les griffes étaient fixées par du fil de fer. Ce n'était pas un ptérodactyle, mais un squelette de ptérodactyle.

Martin se rejeta vivement de côté pour éviter l'oiseau qui plongeait des hauteurs de la voûte. Il se cabra gracieusement devant un mur et effectua une culbute avant de disparaître à nouveau dans la pénombre du plafond. Curieusement, son vol n'avait déclenché aucune sirène d'alarme. Le musée était plongé dans un silence oppressant.

« Ça va, Martin ? s'inquiéta Richard en se penchant au-dessus de lui.

— Rien de cassé, le rassura Martin en se redressant. Tu sais ce que c'était ?

— Non, et je ne tiens pas à le savoir. Je veux juste quitter cet endroit sinistre au plus vite.

— Et le professeur ?

— Nous ne pouvons plus rien pour lui, Martin. De toute façon, c'est nous qui sommes visés. Toi plus particulièrement. Filons d'ici. »

Martin n'hésita plus. Richard avait raison, bien sûr. Une fois dehors, ils chercheraient de l'aide. Rester ici ne servait à rien. Déjà, Richard avait descendu quelques marches et se retournait pour l'attendre.

« Attention ! » lui cria Martin.

Le journaliste se jeta à terre juste à temps pour éviter les serres du ptérodactyle qui fondait droit sur lui.

« Bon sang ! pesta-t-il entre ses dents. Que se passe-t-il ici ? »

Martin leva la tête. Le squelette humain avait disparu derrière les vitrines d'exposition. Brusquement, un frisson le saisit. D'abord le squelette, ensuite le fossile d'oiseau préhistorique. Le musée était rempli d'une armée de dinosaures. Que se passerait-il si...

Une explosion interrompit brutalement ses réflexions. Cette fois, c'était le paracyclotosaure, le cousin du crocodile, qui venait de s'animer et de briser sa vitrine. Il glissa de son socle et se dandina sur ses courtes pattes, la gueule béante, claquant l'air de ses dents noires. Sa longue queue se composait d'une traînée d'osselets qui éparpillaient sur le dallage les fragments de verre brisé.

De son côté, le ptérodactyle amorça une troisième attaque, le bec pointé vers la tête de Martin qui voulut feinter et tomba dans l'escalier. Le crocodile rampa vers lui. Dans un sursaut désespéré, Martin roula sur le côté pour dévaler les dernières marches au risque de briser ses propres os. Pendant ce temps, Richard avait empoigné une chaise pour la projeter sur l'assaillant qui s'écroula, assommé.

« Vite, Martin ! » cria-t-il.

Un à un, les squelettes de dinosaures prenaient vie. Une deuxième vitrine explosa. En tendant la tête, Martin aperçut la queue d'un diplodocus frétiller. Un diplodocus ! La plus grande créature ayant jamais existé sur terre ! Sa queue seule mesurait six mètres de long. L'une des pattes commença à s'animer.

Martin et Richard avaient encore le temps de s'enfuir. Ils s'élancèrent côte à côte pour se faufiler entre le diplodocus et l'horrible tricératops à corne qui tourna la tête pour les suivre de son œil fixe. Ils traversèrent le hall en courant, droit sur la sortie.

Martin atteignit le premier la porte vitrée. Il saisit la poignée et tira. Le battant résista. Il tira encore. En vain. La porte était verrouillée. De l'autre côté, on distinguait le petit hall, puis la seconde porte vitrée, puis la rue, et les immeubles. Vision familière mais qui semblait soudain hors de portée, aussi inaccessible que s'ils s'étaient trouvés à des milliers de kilomètres. Toutes les issues du muséum étaient fermées pour la nuit. Martin et Richard étaient pris au piège.

Un second ptérodactyle s'était joint au premier. Ensemble, ils exécutaient une danse fantomatique sous la voûte du grand hall. Un nouveau fracas se produisit lorsqu'un autre dinosaure jaillit de sa vitrine d'exposition. Celui-ci était un iguanodon de trois mètres cinquante de haut, qui marchait sur ses pattes postérieures.

« Les clefs ! s'écria Richard en lançant un coup de poing rageur contre la porte.

— Essayons une autre porte, suggéra Martin.

— Inutile. Mais le professeur doit avoir un trousseau dans sa poche. Attends-moi ici, Martin. Ne bouge pas et ne fais pas de bruit. Ces monstres sont aveugles. Sans yeux, ils ne peuvent pas nous voir. Reste le dos plaqué au mur et attends mon retour. J'en ai pour deux minutes. »

Aveugles ou pas, les monstres percevaient leur présence : le diplodocus, notamment, arracha le fil de fer qui lui maintenait la tête d'un coup de nuque puissant pour « regarder » passer le journaliste. Sa queue fouetta l'air et ébranla une colonne. Horrifié, Martin se rendit compte que les dinosaures fossilisés possédaient la même force que de leur vivant. La queue qui avait heurté le pilier était intacte, en revanche le pilier s'était fissuré et des gravats en tombaient.

Richard avait déjà atteint le premier palier. Il grimpait les marches quatre à quatre. Au moment où il s'élançait vers le second étage, le squelette humain jaillit d'un recoin et le saisit à la gorge. Richard tenta de se libérer en agrippant ce qui avait autrefois été un poignet, mais il avait l'impression qu'un étau de fer lui broyait le cou. Il suffoquait. La tête lui tournait. Un voile noir passa devant ses yeux.

Pétrifié, Martin observait la lutte acharnée entre les muscles et les os, entre le vivant et le mort. Il renonça à voler au secours de son ami pour affronter une menace plus directe : le tricératops se balançait sur son socle pour échapper aux tuteurs métalliques qui le soutenaient. Ce n'était plus qu'une question de secondes. Déjà il pointait son unique corne sur Martin, prêt à charger.

L'un des ptérodactyles avait discrètement rejoint l'extrémité la plus éloignée du grand hall pour s'élancer dans une nouvelle attaque meurtrière, ses ailes osseuses brandies comme des épées, droit sur Richard qui continuait de lutter désespérément contre le squelette.

Il respirait avec peine. Ses yeux étaient exorbités. Le sang lui cognait dans les tempes. Dans un ultime sursaut, il bascula son corps de côté pour déséquilibrer son adversaire. Son mouvement lui sauva la vie : au lieu de l'atteindre, le ptérodactyle percuta le squelette et les deux monstres roulèrent au bas des marches, leurs os emmêlés.

Les jambes faibles, Richard se remit péniblement

debout, la bouche grande ouverte pour reprendre son souffle. Le squelette esquissa un mouvement, sans doute pour tourner la tête vers lui, mais le crâne se détacha du cou et rebondit jusqu'au bas de l'escalier. Un instant plus tard, l'incroyable entrelacs d'ossements s'effondrait en un tas de poussière. Richard massa sa nuque endolorie et reprit sa course.

Le professeur Griffin gisait dans une mare de sang. Miraculeusement, il respirait encore. Quand Richard s'agenouilla près de lui, il entrouvrit les yeux et tendit une main tremblante qui serrait un trousseau de clefs. Richard les prit doucement. Les deux hommes se regardèrent. Le professeur ouvrit la bouche pour parler mais l'effort lui fut fatal. Une toux atroce le secoua et sa tête retomba, inerte.

Du hall, Martin ne pouvait apercevoir son ami accroupi. Le dos plaqué au mur, il surveillait à la fois l'extrémité de la salle et le tricératops qui avait brisé ses supports métalliques aussi facilement que des brindilles sèches.

« Vite, Richard », murmura-t-il entre ses dents.

Grave erreur. Dans le silence pesant, à peine troublé par le raclement des pattes du monstre sur le dallage, le murmure de Martin avait suffi à le localiser. Une seconde plus tard le tricératops le chargeait. Martin plongea de côté et évita la corne meurtrière qui percuta le pilier contre lequel il s'adossait. Tout un pan de ciment s'effondra dans un grand nuage de poussière.

Le pilier soutenait le balcon sur lequel se tenait encore Richard. Celui-ci sentit le sol trembler sous ses pieds et perdit l'équilibre. Sa tête heurta douloureusement le sol mais il se remit vivement debout, le trousseau de clefs fermement serré dans sa main.

Les monstres n'avaient pas besoin de voir pour se diriger. Martin avait l'impression qu'ils possédaient un système de guidage qui les orientait droit sur lui. Après le tricératops, ce fut le diplodocus qui l'attaqua. Sa queue fouetta l'air pour le balayer, comme il l'eût fait d'une mouche. Martin esquiva le coup et la queue fracassa un troisième pilier. Le balcon oscillait maintenant comme un pont de cordes en plein vent. Martin se réfugia derrière un banc mais le tricératops avait retrouvé ses forces et s'apprêtait à le charger une nouvelle fois.

De son côté, Richard longea la coursive et courut jusqu'au palier intermédiaire. Malheureusement il dut s'arrêter là : le paracyclotosaure et l'iguanodon, ainsi que deux autres dinosaures, bloquaient le bas des marches. À l'autre extrémité du hall, il pouvait apercevoir la silhouette de Martin tapie derrière un banc, juste en dessous du balcon branlant.

« Martin ! » cria-t-il.

Martin leva la tête. Son visage et sa chemise étaient couverts de plâtre.

« Je suis là, Richard ! cria-t-il en retour.

— Les clefs ! Attrape les clefs et sauve-toi ! »

Le journaliste prit son élan et lança le trousseau à

travers la salle. Les clefs atterrirent non loin de Martin et glissèrent jusqu'à lui.

« Et toi, comment vas-tu te sauver ?

— Ne t'occupe pas de moi, Martin ! Cours te mettre à l'abri ! »

Richard tenta de réfléchir rapidement à la meilleure tactique à adopter mais il fut pris de vitesse. Au moment où il allait s'élancer, une violente douleur lui paralysa la cheville. Un petit iguanodon de trente centimètres de haut à peine lui immobilisait le pied entre ses dents pointues. Richard se libéra et lança une ruade dans la tête de l'animal. Le craquement des os lui procura une intense jubilation qui s'éteignit malheureusement bien vite, quand il aperçut le second iguanodon, deux fois plus grand que lui celui-là, foncer dans sa direction.

Pendant ce temps, Martin bataillait avec la porte. Sur les sept clefs que comptait le trousseau, il en avait déjà essayé quatre sans succès. Il présenta la cinquième dans la serrure mais n'eut pas le temps de la tourner car la queue du diplodocus lui effleura l'épaule, ce qui suffit à le projeter au sol. Contusionné, étourdi, il se releva aussi vite que possible et tourna la clef. La porte s'ouvrit. Il était sauvé. Mais qu'advenait-il de Richard ?

Voyant l'escalier bloqué, le journaliste avait enjambé la rampe pour se glisser jusqu'en bas en utilisant les ornementations comme appuis. Il sauta à terre et se tapit dans un coin comme un animal traqué, cherchant du regard le prochain obstacle. Aucun danger immédiat ne le menaçait, cependant la fuite semblait impossible.

Le diplodocus et le tricératops lui tournaient le dos, immobilisés devant la porte que Martin venait de franchir. Le pouvoir surnaturel qui les avait réanimés s'arrêtait à cette porte. Martin les observait par la vitre, à l'abri de toute atteinte.

Pour Richard, en revanche, il restait à traverser le hall et surtout à éviter les coups meurtriers des deux monstres qui bloquaient l'issue. Pour l'instant ils lui tournaient le dos, mais ils ne tarderaient pas à « flairer » sa présence. Entre la queue de l'un et la corne de l'autre, il n'avait pas une chance d'en sortir vivant.

Le journaliste n'avait pas le choix. Il s'élança. Comme prévu, le diplodocus tordit son long cou dans sa direction et le tricératops pointa sa corne en raclant le dallage d'un coup de patte impatient. Richard continua sur sa lancée. La tête rentrée dans les épaules, il courait en zigzag. Un frisson saisit Martin lorsqu'il devina son plan. Richard n'allait pas tenter de passer *entre* les deux monstres, mais *dessous* ! Arrivé à quelques pas, il plongea sous le diplodocus et se faufila dans son ventre même. La bête ne pouvait donc l'atteindre et le tricératops ne pouvait l'approcher.

Richard allait réussir ! Encore quelques pas et il serait sauvé !

Saisi d'une rage terrible, le diplodocus releva alors

brutalement son cou interminable et percuta le balcon déjà très ébranlé.

Derrière Martin, la seconde porte s'ouvrit et un vent froid lui souffla dans la nuque.

Richard s'était arrêté dans la cage thoracique du diplodocus et fixait Martin, les yeux agrandis de stupeur. Puis le balcon s'effondra soudain et le journaliste disparut sous une avalanche de pierres et de plâtre. La cage thoracique du fossile s'était transformée en prison.

Martin poussa un cri. Elvira se tenait devant lui, les yeux luisants, les cheveux balayés par le vent qui s'engouffrait dans le petit hall. Il eut beau se débattre, elle lui pressa un tissu humide sur le visage. Une odeur douceâtre et écœurante imprégnait le tissu. Martin suffoqua.

Richard assista, impuissant, à la capture de son ami. Le visage ensanglanté, accroupi derrière ces horribles barreaux, il tentait vainement de déblayer le monceau de gravats qui l'étouffait. Une nouvelle avalanche de pierres dégringola du balcon et une poutrelle métallique s'abattit sur le tas d'ossements et de débris, étouffant aussitôt le cri de Richard.

Incapable de lutter plus longtemps contre l'engourdissement qui le gagnait, Martin s'abandonna aux ténèbres, avec le rire cruel d'Elvira qui lui résonnait dans les oreilles.

# 15

# SAMEDI 30 AVRIL

Un ciel nuageux et hostile pesait sur le Yorkshire. Les champs, les bois, les routes, les cours d'eau, le paysage tout entier s'étiraient, plats et monochromes. La lumière du jour se diluait dans une bruine grise. Réfugiés dans les arbres, les oiseaux se taisaient, respectant le silence inhabituel qui imprégnait l'atmosphère. Il n'y avait pas un seul bruit, sauf le crépitement de la pluie dans les flaques qui s'élargissaient, et le gargouillement des gouttières.

Martin s'éveilla en frissonnant et grimaça en reconnaissant le décor désormais familier de sa mansarde d'Hellibore Hall. Sept heures du matin. Sa nuque était douloureuse et l'hématome de son épaule lui ankylosait tellement le bras qu'il pouvait à peine le bouger.

Ses vêtements étaient fripés, sales et trempés. Il s'enveloppa frileusement dans une couverture et s'assit sur le bord du lit. Samedi 30 avril... Le temps pressait.

On le retenait prisonnier. Gangree avait utilisé cinq planches de bois et une pleine boîte d'énormes clous pour obstruer l'unique fenêtre de la pièce, et une lourde chaîne munie d'un cadenas condamnait la porte. Depuis quatre jours, on interdisait à Martin de sortir. Gangree lui apportait ses repas servis dans une assiette en carton, et des couverts en plastique. En dehors de ces trois visites journalières, il restait seul. Appels, réclamations, prières demeuraient sans réponses.

Le pire pour Martin, cependant, c'était la mort de Richard. La disparition de son ami l'affectait plus que tout le reste. D'abord Tom Burgess, puis le professeur Griffin, et enfin Richard Cole. Les seules personnes à lui avoir témoigné un tant soit peu de gentillesse l'avaient payé de leur vie. Ce soir, ce serait son tour de mourir : on l'emmènerait dans la forêt pour un ultime voyage. Il comprenait mal ce qu'Elvira et ses complices espéraient gagner à sa mort, mais le peu qu'il devinait, il préférait l'oublier. Pourtant il fallait à tout prix stopper leurs projets. Richard était mort en essayant. Lui, Martin, réussirait.

Tous ses sens en éveil, il se mit à guetter les bruits de la grange mais ne distingua que les grognements des cochons. Alors il se mit au travail. Il souleva le sommier et en retira une barre de fer de quinze centimètres de long, aplatie à une extrémité, qui servait de pied de lit. Il lui avait fallu une demi-journée d'efforts pour la dessouder, puis six heures pour en aplatir un bout et la transformer en gouge. Son outil grossier n'ayant pu entamer les planches clouées sur la fenêtre, il s'était rabattu sur le plancher de la mansarde.

Le sol était en effet composé de longues lattes de bois parallèles clouées sur les traverses. Martin avait réussi à en démonter deux dans l'espoir fou de se faufiler au travers et de sauter dans la grange. Il avait vite déchanté : non seulement c'était trop haut, mais les lames de la vieille charrue pointaient en l'air, juste à la verticale. Martin avait cédé au découragement jusqu'à ce qu'un nouveau plan germe dans son esprit.

Il avait consacré une partie de la nuit à déclouer une troisième planche. À présent il devait retourner à l'ouvrage. Une fois roulée la carpette élimée qui couvrait le plancher, il attaqua les clous d'une quatrième latte avec son outil improvisé. Impossible de s'en servir comme d'un marteau car le bruit l'aurait trahi. Or, travailler en silence signifiait travailler lentement, et le temps pressait. Si ses geôliers venaient le chercher avant qu'il eût terminé ses préparatifs, tous ses efforts auraient été vains.

Un second clou venait de céder lorsqu'un bruit de pas retentit dans l'escalier. Une heure pour ôter deux malheureux clous ! Martin rabattit hâtivement la carpette sur le sol et sauta dans son lit en glissant son précieux outil sous l'oreiller. La chaîne de la porte grinça,

171

la clef cliqueta dans le cadenas, et Gangree entra, portant un plateau.

« Alors, on fait la grasse matinée ? Voilà le petit déjeuner de monsieur. »

Martin feignit de se réveiller et entrouvrit un œil.

« Bravo ! ricana Gangree. Au menu : thé et tartines grillées. Tu es bien trop gâté. Profites-en, ça ne durera plus longtemps. Non, plus longtemps, c'est sûr », répéta-t-il en avançant dans la pièce.

Les lattes disjointes grincèrent sous son poids. Martin sauta vivement de son lit en bâillant bruyamment.

« Quand me laissera-t-on enfin sortir d'ici ? demanda-t-il avec une moue renfrognée.

— Je ne sais pas.

— Où est Mme Crow ?

— Je ne sais pas.

— Quand m'apporterez-vous la deuxième couverture que je vous ai réclamée ?

— Le problème avec toi, mon mignon, c'est que tu poses trop de questions, ricana Gangree en reculant vers la porte. Au fait... il n'y aura pas de déjeuner, aujourd'hui.

— Pourquoi ?

— Parce que je vais avoir des occupations plus intéressantes que de t'apporter à manger. »

La porte se referma derrière Gangree avec un claquement sec. Martin attendit sans bouger jusqu'à ce qu'il fût certain du départ du « gorille », et engloutit son petit déjeuner. Le thé était froid et le pain mou, mais c'était sans importance. Chaud ou froid, le repas lui donnerait des forces, et c'était tout ce dont il avait besoin.

À peine avalée la dernière bouchée, il roula la carpette et s'attela à nouveau à la tâche. Finalement, l'absence de déjeuner était une bonne nouvelle : cela lui laisserait le temps de travailler jusqu'au dîner sans interruption. Il disposait donc de douze heures exactement. Douze heures pour arracher dix-huit clous.

Lorsque Martin consulta à nouveau sa montre, il était trois heures de l'après-midi. Ses genoux étaient douloureux, son dos raide et ankylosé, ses doigts couverts d'ampoules, et son pouce droit entaillé. Mais la troisième planche avait cédé. Encore sept clous et l'orifice serait assez grand pour ce qu'il comptait en faire. Il prit une profonde respiration et redoubla d'ardeur.

Six heures sonnèrent. Quatre clous le séparaient encore de la victoire. À présent, il travaillait frénétiquement sans se soucier du bruit. Le doute s'insinuait en lui. Et si son plan échouait ? Il ne lui resterait plus qu'à utiliser sa gouge comme une arme pour au moins laisser à Gangree un mauvais souvenir. Le seul fait d'imaginer la scène décupla ses forces : il poussa plus violemment la gouge qui dérapa et lui entailla le bord de la main. Le clou sauta par la même occasion. Il n'en restait plus que trois.

Gangree réapparut à huit heures précises. Il faisait nuit. Le raclement familier de la chaîne résonna dans la grange, suivi du cliquetis du cadenas. La porte s'ouvrit en grinçant. Gangree s'arrêta sur le seuil, tenant le plateau d'une main, et braqua le faisceau de sa torche dans l'obscurité.

« Où te caches-tu ? lança-t-il d'un ton enjoué en scrutant la pénombre. Tu n'es tout de même pas mort de faim pour avoir sauté un repas ! Tiens, voilà ton dîner... »

Seul le silence lui répondit.

« Que se passe-t-il ? reprit-il d'un ton agacé. Montre-toi ! À quoi joues-tu ? »

Dans le coin le plus obscur de la pièce, là où se trouvait le lit, un gémissement s'éleva.

« Tu es malade ? » s'inquiéta Gangree.

Martin poussa un autre râle et fut secoué d'une toux rauque et douloureuse. Gangree se débarrassa de son plateau et braqua la torche devant lui.

« Si c'est une blague, je te ferai regretter d'être venu au monde », gronda-t-il d'une voix menaçante.

Il avança d'un autre pas, posa le pied sur la carpette... et disparut.

Martin bondit aussitôt de son lit et ramassa la torche avant de contourner prudemment le trou béant qui avait englouti Gangree. Puis il descendit l'escalier. Le spectacle qui l'attendait dans la grange n'était guère appétissant. L'homme de peine d'Elvira n'avait même pas eu le temps de pousser un cri. Il s'était empalé directement sur les lames de la charrue. Gangree était tout ce qu'il y avait de plus mort.

Martin lâcha la torche et se précipita dans la nuit sans même remarquer la pluie qui tombait à verse. Il était libre ! Désormais il pouvait agir comme il aurait dû agir dès le début : gagner Londres au plus vite, à pied s'il le fallait, en tout cas fuir immédiatement Hellibore Hall.

Il se mit donc à courir. La pluie le fouettait. Il pataugeait dans les flaques d'eau. Par deux fois il trébucha et le choc résonna douloureusement dans son épaule meurtrie. Mais il reprit sa course, droit devant lui, sourd au claquement mécanique de ses pas sur le macadam détrempé de la route, inconscient du martèlement de ses tempes. Martin courait. Chaque pas lui arrachait une grimace de douleur. Ses jambes réclamaient une pause, son esprit se vidait, mais il continuait de courir, comme un robot. Puis, soudain, ses dernières forces le quittèrent. La route monta brutalement vers lui et il se retrouva à plat ventre, le nez contre la chaussée, étourdi.

Il n'avait pas la moindre conscience de l'endroit où il était, ni du temps qu'il resta allongé là. Au loin, les phares d'une voiture trouèrent soudain la nuit. Martin reprit ses esprits et se releva péniblement, comme un vieillard usé. Ses jambes refuseraient de le porter un pas de plus, il le savait. Cette voiture représentait donc sa seule chance. Le conducteur aurait peut-être la gentillesse de le conduire à l'hôpital ou de le déposer à proximité de l'appartement de Richard, à York ? De toute façon, peu importait la destination. L'essentiel était de s'éloigner de la forêt le temps du sabbat. Demain il serait sauvé.

Martin leva les bras. En face de lui, la voiture ralentit.

« Mon cauchemar est terminé, murmura-t-il. Mon Dieu, le cauchemar est fini... »

La voiture s'arrêta. C'était une voiture sombre, une voiture de sport flambant neuve. La portière s'ouvrit et le conducteur en descendit. Martin tenta d'avancer à sa rencontre mais les forces lui manquèrent et il s'écroula entre les bras de l'homme.

« Dieu du ciel ! » s'exclama Sir Matthew Marsh.

Le choc empêcha Martin de répondre. Il se laissa docilement porter dans la voiture et s'effondra sur la banquette en poussant un soupir de soulagement. Sir Matthew le dévisagea longuement d'un regard incrédule avant de reprendre sa place au volant.

« Sir Matthew..., parvint à articuler Martin.

— Martin Hopkins ! s'écria le physicien. Que diable faites-vous sur cette route en pleine nuit, et dans un si piteux état ? Vous avez l'allure d'un fugitif qui vient d'échapper à une meute de loups affamés !

— Je... j'ai tellement froid, souffla Martin.

— Calmez-vous, mon garçon. Nous allons tout de suite vous réchauffer. Ne vous inquiétez pas, tout ira bien. »

Sir Matthew démarra et brancha le chauffage de la voiture. Un coussin d'air chaud enveloppa aussitôt les jambes de Martin. Sauvé ? Il osait à peine y croire.

Sir Matthew écouterait son histoire et userait de son pouvoir pour stopper les machinations d'Elvira. Avec lui, Martin ne risquait plus aucun danger.

Il se relaxa, enfoncé dans le siège moelleux. Dormir, comme il avait envie de dormir ! Jamais il ne s'était senti si épuisé. Mais non, il ne fallait pas dormir. Pas encore. Quelque chose clochait. Mais quoi ? Tout à coup, Martin comprit. La voiture de Sir Matthew le ramenait d'où il venait. Elle avait continué sa route et se dirigeait vers Hellibore Hall.

« Non ! cria Martin.

— Que se passe-t-il, mon garçon ?

— Rebroussez chemin ! N'allez pas par là ! Faites demi-tour !

— Calmez-vous. Je vous emmène dans un endroit chaud et confortable, où vous pourrez vous reposer.

— Je vous en prie, changez de direction ! implora Martin.

— Je sais où je vais, Martin. »

Sir Matthew s'était exprimé d'une voix douce, mais la vérité frappa Martin comme un coup de fouet. Sir Matthew Marsh était un être froid, terriblement froid. En dépit du chauffage, il régnait dans sa voiture une atmosphère glaciale. Sir Matthew conduisait la même voiture de sport étincelante qu'il avait un jour croisée devant la ferme d'Elvira. Sir Matthew avait autrefois dirigé les travaux d'Omega Un. Sir Matthew était le seul à connaître leur visite au Muséum d'histoire naturelle, et c'est là qu'Elvira l'avait capturé. Tout concordait.

« C'est vous », murmura Martin en fixant le savant.

Sir Matthew ne put réprimer un sourire narquois. Le regard de Martin se posa sur les mains qui tenaient le volant. Une chevalière en or, identique à celle que portait l'inconnu dans la forêt, luisait à l'annulaire gauche.

« C'est vous qui dirigez toute cette affaire, n'est-ce pas ? C'est vous qui tirez les ficelles ? »

Un sourire de triomphe éclaira le visage de Sir Matthew.

« Quelle chance de vous avoir retrouvé, mon garçon ! J'aurais été désolé de vous perdre !

— Vous avez tué Richard, vous avez assassiné Tom Burgess, et maintenant c'est mon tour », poursuivit Martin d'une voix neutre.

Au lieu de bifurquer dans le chemin qui menait à la ferme, Sir Matthew engagea la voiture sur la piste qui s'enfonçait dans la forêt. On apercevait au loin les lumières d'Omega qui tremblotaient sous la pluie. Martin se tassa contre la portière en tâtonnant à la recherche de la poignée. Inutile : le loquet était bloqué.

La voiture stoppa devant l'entrée principale de la centrale. Les villageois étaient tous là, groupés en face d'Elvira. Asmodeus se tenait à ses pieds. Ils n'attendaient plus que lui, Martin le savait.

« Non, non ! cria-t-il.

— Emmenez-le », ordonna Sir Matthew.

Des mains l'arrachèrent de la voiture sans ménagement. Martin se débattit comme un poisson hors de l'eau, mais en pure perte. Il fut soulevé et transporté au cœur même d'Omega.

# 16

# FORCES OBSCURES

L'endroit ressemblait à un cirque futuriste mais au lieu de sable, l'arène était couverte d'un dallage noir et blanc, tel un échiquier géant et circulaire. Le chapiteau était en acier, non en toile, et entrecroisé de rails de fer. Deux étroites coursives superposées couraient le long des parois, desservies par des escaliers en colimaçon qui serpentaient dans des colonnes en acier.

Un large passage coupant la sphère en deux menait à un rideau métallique à ouverture électronique qui bloquait la sortie. À l'opposé s'élevait une tour composée d'un assemblage insolite de poulies, de marches, de plates-formes, et qui ressemblait à la fois à une pièce montée, à une rampe de lancement de fusée et à un château de conte de fées bâti de guingois.

Mais c'était un cirque qui n'accueillait aucun public : pas un banc, pas un siège n'était prévu pour les spectateurs. Au lieu de gradins, l'arène était entourée de plates-formes de hauteurs diverses reliées entre elles par de petites échelles. Quatre portes menaient hors de la sphère. Au-dessus de l'une d'elles, une fenêtre d'observation abritait une petite salle de contrôle où l'on apercevait des rangées et des rangées de boutons, de manettes, de cadrans, de manomètres.

Des spots puissants fixés au plafond et des projecteurs alignés sur des rails éclairaient brillamment la scène. En dépit de l'apparence hétéroclite de tout cet appareillage, il régnait un ordre et une propreté irréprochables. L'air lui-même, brassé par des ventilateurs discrets, semblait aseptisé. La sphère était gigantesque, bien plus vaste que ne l'avait imaginé Martin. Un match de football aurait pu s'y disputer sans peine.

C'était le cœur d'Omega Un. Sous le damier noir et blanc, par-delà un matelas de ciment armé de six mètres d'épaisseur, se cachait un « dragon » endormi dont chacune des respirations vibrait de fureur contenue. Quand il se réveillerait, ses grondements retentiraient avec la force d'une éruption solaire. Tel était le fantastique pouvoir enfermé dans le fragile cocon du réacteur nucléaire.

Les villageois déposèrent Martin au milieu de l'arène. Intimidé, il regarda autour de lui et s'aperçut que, malgré sa haute technologie, la centrale n'était en fin de compte guère différente d'une usine ultramoderne. Ce qui la rendait extraordinaire, c'était le contraste saisissant entre la machinerie sophistiquée et l'apparat désuet d'une époque révolue. On avait contraint le XX$^e$ siècle à une union contre nature avec l'âge des ténèbres : la centrale était parée pour la célébration d'une messe noire.

On avait tracé au sol deux lignes circulaires parallèles et, entre les lignes, des mots incompréhensibles. Puis, à l'intérieur des cercles, on avait dessiné quatre symboles étranges avec de la peinture or. L'un représentait une flèche torsadée, le deuxième : deux lignes ondulées, le troisième : un cercle avec des cornes, le quatrième : un S inversé.

Martin renonça à en chercher la signification et leva les yeux. En dépit de l'éclairage électrique, des milliers de bougies décoraient la salle. Mais c'étaient des bougies noires. Leurs mèches grésillaient en se consumant et une fumée âcre montait en volutes avant d'être aspirée par les ventilateurs. Martin remarqua également une dalle de marbre noir perpendiculaire au bord de l'arène. La dalle semblait marquer minuit sur un immense cadran d'horloge. Elle avait la taille d'un cercueil. Un simple dessin tracé à l'or en ornait la base :

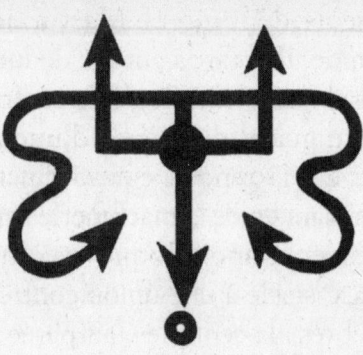

Une croix de bois pendait au-dessus de la dalle, maintenue par deux filins. Mais le haut pointait vers le bas. Juste en dessous était posé un poignard, avec une lame torsadée en argent mat et un manche d'ivoire en forme de corne.

Martin frissonna : il devinait trop bien à quoi allait servir tout cet attirail. Fasciné malgré lui, il approcha pour contempler l'autel de marbre noir sur lequel on allait bientôt l'immoler.

Les villageois se regroupèrent. Ils étaient tous là, à l'exception de ceux qui se tenaient derrière la fenêtre d'observation. Les écoliers s'étaient joints aux adultes. Les visages étaient pâles, les regards avides. Personne ne parlait. Personne ne cherchait à le pousser vers l'autel du sacrifice. Il n'avait d'autre choix que de se soumettre et tous le savaient.

Pourtant, tout à coup, Martin poussa un cri de joie. À l'extérieur du cercle, contre la paroi, il venait d'apercevoir la silhouette affaissée d'un homme. Il s'élança.

Dans un monde irréel, l'irréel s'était produit : Richard Cole était vivant. Ses vêtements étaient en lambeaux, son visage et ses mains couverts de sang, mais il vivait.

Martin leva timidement la main pour lui toucher la joue. Une angoisse sourde le saisit en remarquant le teint terreux du jeune homme. Richard avait les yeux fermés, une veine battait faiblement dans son cou. On lui avait attaché les poignets au-dessus de la tête.

Mais le contact de Martin le tira de son apparente torpeur. Il cligna des paupières et entrouvrit les lèvres.

« Ma main gauche est libre, murmura-t-il. Courage... »

Martin esquissa un sourire mais une voix forte l'empêcha de répondre.

« Nous voilà donc tous réunis ! » lança Sir Matthew en pénétrant dans l'arène.

L'assistance se tourna vers lui, guettant ses ordres.

« Réveillez-vous, monsieur Cole, poursuivit-il en approchant à grands pas pour s'arrêter devant Richard et Martin. Ouvrez les yeux pour assister au spectacle. Je serais navré que vous manquiez l'apothéose !

— Marsh, vous êtes complètement fou, grogna Richard en redressant la tête.

— Je m'attendais à ce commentaire, répliqua le savant en éclatant de rire. Néanmoins je crois pouvoir vous assurer que la suite du programme vous fera changer d'avis. Non pas que votre opinion m'importe, d'ailleurs, car vous ne risquerez pas de la faire partager à vos lecteurs ! Vous allez périr, monsieur Cole.

— Richard, comment es-tu sorti vivant du muséum ? intervint Martin en dévisageant son ami.

— Il faut en remercier Mme Crow ! ricana Sir Matthew. Notre chère Elvira l'a extirpé des décombres. Dans toute cette affaire, c'est la seule action qu'elle ait menée à bien, et c'était parfaitement inutile ! ajouta-t-il en toisant Elvira d'un regard dédaigneux.

— Tu n'as pas été écrasé par le balcon ? insista Martin. Je t'ai pourtant vu enseveli sous les décombres !

— J'ai été protégé de l'éboulis par la cage thoracique du dinosaure. Ensuite, j'ai réussi à me creuser un passage dans les gravats...

— Pour se jeter droit dans les bras d'Elvira ! termina Sir Matthew. Notre fidèle Mme Crow a cru bon de ramener ici cet intrépide journaliste pour l'empêcher d'aller divulguer sa petite histoire... À présent, trêve de bavardages. Mes amis, je suis au regret de devoir écourter cette charmante réunion. »

Deux villageois s'étaient glissés derrière Martin et ils le tirèrent brutalement en arrière avant qu'il eût le temps de résister. On le manipulait avec autant d'égards qu'un sac de pommes de terre. Il fut traîné et allongé sur la dalle de marbre, pieds et poings liés.

« Lâchez-le ! hurla Richard en se débattant. Pourquoi voulez-vous lui faire du mal ? Laissez-le partir et prenez-moi à sa place !

— Très généreux de votre part ! ironisa Sir Matthew.

— Pourquoi lui ? Pourquoi Martin ? Qu'allez-vous gagner à sa mort ? »

Sir Matthew Marsh esquissa un sourire suffisant.

« Nous disposons encore de quelques minutes et, puisqu'un éminent représentant de la presse nous honore de sa présence, je vais lui accorder une dernière interview. Ce sera le couronnement de ma victoire ! » déclama-t-il d'une voix forte.

Les villageois se turent. Martin cessa de se débattre.

« Vous me traitiez de fou, monsieur Cole, reprit Marsh en déambulant devant le journaliste. Vous n'avez rien compris. Vous ne savez rien. Vous vivez dans votre petit monde médiocre. Vous êtes insensible aux événements importants qui vous entourent, comme la plupart des gens de votre espèce. Bientôt, très bientôt, cet état de choses va changer.

« J'ai voué ma vie entière à cet instant. Les préparatifs seuls ont duré dix ans, dix longues années de travail acharné. Votre regretté ami, le professeur Griffin, vous a sans doute parlé des Anciens. L'avez-vous traité de fou, monsieur Cole ? Les Anciens existent. Les Anciens ont toujours existé. C'est leur pouvoir, canalisé par notre intermédiaire, qui a réanimé les fossiles du muséum. Jadis, les Anciens régissaient le monde, et ils le régiront à nouveau. Quand ce jour arrivera, je commanderai à leurs côtés. C'est moi qui vais leur permettre de revenir, ils me récompenseront en me comblant de pouvoirs et de richesses.

« Mais comment les faire revenir de la dimension où

ils ont été bannis, me demanderez-vous ? Ceux qui ont érigé la porte du Diable savaient ce qu'ils faisaient. Pendant des siècles les serviteurs des Anciens ont essayé par tous les moyens d'abattre cette porte. De génération en génération, leurs connaissances se sont approfondies et accumulées, rituels et incantations se sont transmis. Nous sommes la dernière génération, monsieur Cole, ajouta Marsh d'une voix vibrante.

« Malheureusement, les pouvoirs de nos ancêtres se sont révélés insuffisants. Sans doute avez-vous entendu parler des incantations servant à faire pleuvoir, à répandre des maladies, à réveiller des démons malfaisants tels que celui qui a détruit Tom Burgess ? Ce ne sont que des bagatelles en comparaison de la force qui a érigé la porte du Diable. Nos ancêtres ont échoué, c'est incontestable.

« Néanmoins, nous sommes parvenus au XXe siècle, monsieur Cole. Et le XXe siècle a mis au jour une puissance qui existait depuis la création du monde mais qui était restée jusqu'alors insoupçonnée. Il s'agit de la puissance de l'atome, monsieur Cole. La puissance nucléaire !

« Est-ce vraiment de la folie de vouloir allier le pouvoir de la bombe atomique au pouvoir de la magie noire ? Pensez-vous qu'une force capable d'anéantir des villes entières et des millions d'hommes en l'espace de quelques secondes soit tellement éloignée des ouvrages du diable ? Je suis le premier à avoir saisi cette évidence et compris que la réunion de ces deux forces engendrerait un pouvoir incommensurable.

« Lors de la création d'Omega Un, j'étais en mesure d'user de mon influence pour qu'elle fût construite sur le site exact où s'élevaient jadis les pierres concentriques de la porte du Diable. Oui, monsieur Cole, les mégalithes se dressaient autrefois dans l'enceinte même de cette arène. C'est l'hypothèse qu'avançait Dorothy Trotter dans son maudit livre. La porte était là, monsieur Cole. Pendant ce temps, sous nos pieds, le réacteur a presque atteint le seuil critique. Vous saisissez, monsieur Cole ? Une bombe est amorcée au cœur même de la porte, qui va s'ouvrir pour laisser revenir les Anciens.

« J'ai remis le réacteur en activité, une fois que le gouvernement eut décidé l'arrêt des expériences. Vous n'imaginez pas la complexité de cette tâche, ni l'ampleur de mon succès. J'ai ré-activé Omega Un tout seul, monsieur Cole. J'ai réquisitionné le combustible, je l'ai fait acheminer jusqu'ici par de simples paysans.

« Depuis sept mois, nous entretenons la centrale, nous alimentons le réacteur, nous le préparons amoureusement pour cette nuit fatidique. Cette tâche représente dix ans de ma vie, monsieur Cole, mais j'ai réussi. Le réacteur fonctionne. Sous nos pieds repose la force capable de détruire la porte. Je vais bientôt donner l'ordre de lever les barres de contrôle. Cette manœuvre va pousser la chaleur à un degré inimaginable et libérer une énergie que les créateurs de la porte du Diable n'auraient jamais crue possible.

— Et vous serez tous réduits en cendres ! s'exclama Richard.

— Erreur, monsieur Cole, le détrompa Marsh avec un rire triomphant. Vous serez le seul en dehors du cercle magique, et donc le seul à périr. Riez !... Vous ne rirez plus lorsque les flammes vous dévoreront. Pendant des siècles les magiciens ont tracé des cercles comme celui-ci pour se protéger, monsieur Cole.

— Se protéger de quoi ?

— Des forces du mal. Le pouvoir de l'atome et le pouvoir de la magie étant semblables, ainsi que je vous l'ai expliqué, l'un nous protégera de l'autre. Nous serons immunisés contre les radiations, et la chaleur, aussi intense soit-elle, ne nous atteindra pas. Vous serez le seul à mourir, monsieur Cole.

— Et Martin ?

— Ah oui, Martin !... Ce trouble-fête de Martin Hopkins ! gloussa Marsh. Le professeur Griffin a dû vous prévenir : une messe noire repose sur trois principes : incantations, feu et sang. Les incantations nous ont été transmises par nos ancêtres, nous avons créé le feu, il nous reste à faire couler le sang, conclut Sir Matthew en saisissant le poignard.

— Mais pourquoi ?

— Le sang est la source de vie par excellence, monsieur Cole. Il est la vie. Le sacrifice est un rituel magique fondamental car il symbolise la libération de l'énergie vitale. Là encore apparaît le lien entre l'atome et la magie noire. Les sorcières du Moyen Âge tranchaient des gorges, celles du XX$^e$ siècle déclenchent la fission de l'atome. Cette nuit, nous utiliserons les deux techniques.

— Mais pourquoi avoir choisi Martin ? insista Richard.

— Le sang jeune est plus vigoureux. La tradition exige le sacrifice d'un enfant innocent. N'importe lequel aurait fait l'affaire mais Martin s'est trouvé... disponible. Il a été choisi par le destin. Votre jeune ami devrait d'ailleurs se sentir honoré puisque sa mort marquera le début d'une ère nouvelle.

— Me permettez-vous une remarque ? demanda Richard.

— Je vous en prie, monsieur Cole.

— Je vous ai traité de fou, tout à l'heure, mais j'avais tort. Le qualificatif est trop faible. Vous êtes un psychopathe, un maniaque profond, un dément incurable, un aliéné mental à cent pour cent ! »

Sir Matthew Marsh se redressa et le foudroya du regard.

« Je constate que j'ai perdu mon temps, jeta-t-il d'un ton coupant. Je ne perdrai pas une minute de plus.

— Attendez ! hurla Richard en se débattant furieusement.

— Tâchez au moins de mourir avec dignité, monsieur Cole, ricana Marsh avant de se retourner vers les villageois. Levez les barres de contrôle ! »

Dans la cage vitrée du poste de commande, quelqu'un abaissa une manette. Dans le tréfonds du sous-sol, des électro-aimants saisirent les barres et commencèrent à les soulever, centimètre par centimètre, intensifiant du même coup la chaleur contenue dans le réacteur.

Dans l'arène, les villageois croisèrent les mains et fermèrent les yeux. Sir Matthew marcha jusqu'à la dalle de marbre noir et s'arrêta devant le corps allongé de Martin, le couteau à la main.

« L'heure est venue », annonça-t-il.

# 17

# LA PORTE DU DIABLE

Un murmure s'éleva parmi l'assistance. Marsh brandit le poignard à deux mains, les yeux fermés, les lèvres formant des mots silencieux.

Dans les profondeurs de la terre, l'énergie se libérait graduellement. En quittant le cœur de la pile atomique, les neutrons s'éparpillaient dans le réservoir étanche à la vitesse de plusieurs centaines de milliers de kilomètres-seconde, s'écrasant les uns contre les autres et libérant une chaleur phénoménale.

Les barres de contrôle s'élevèrent et, avec elles, la porte du Diable.

Richard se balançait comme un pantin désarticulé. Il n'en croyait pas ses yeux. Les grands menhirs, réduits en poussière des siècles auparavant, jaillissaient du sol comme des plantes monstrueuses. Aux dix-huit barres de contrôle correspondaient dix-huit monolithes, chacun à l'emplacement exact où il se dressait jadis. Pareils à des fantômes, ils transperçaient le sol sans paraître l'effleurer. Puis ils se solidifiaient en prenant de la hauteur. Déjà ils encerclaient les villageois de leur masse imposante. Encore quelques secondes et ils atteindraient leur taille originelle. Richard fut envahi de l'horrible pressentiment que ce serait à ce moment précis que le couteau s'abattrait sur Martin et que les Anciens ressurgiraient.

Les murmures incantatoires enflèrent. Soudain, un phénomène plus extraordinaire encore se produisit : la couleur du sol, à l'intérieur du cercle, changea. Une lueur rougeoyante qui semblait monter des profondeurs balaya le damier noir et blanc. Puis la lueur devint plus incandescente, le rouge plus vif, et l'arène entière ressembla à un vaste bassin rempli de sang. Ensuite, une fissure noire et profonde coupa la surface en deux. La porte du Diable se désagrégeait.

Au prix d'un effort surhumain, Martin détourna les yeux du poignard brandi au-dessus de lui. Richard se trouvait en arrière, hors de son champ de vision. En revanche il voyait Elvira, encadrée par sa sœur et le pharmacien, les lèvres serrées, les poings crispés. Non loin d'eux se tenaient le patron du pub et la fausse Mme Burgess.

Mais c'était toujours le sol de l'arène qui offrait le spectacle le plus fascinant. Une tache noire apparut

dans le rouge, et le rouge lui-même devint transparent, dévoilant subitement un autre monde. La tache noire se déplaçait à une vitesse vertigineuse, tournoyait, virevoltait. Martin crut y discerner la forme d'une étrange créature mais la vision fut trop fugitive. La tache ressurgit plus loin, balaya le rouge qui fut refoulé sur les bords en un magma bouillonnant. Puis une bande verte assécha toute la surface. La tache noire la balaya à son tour. Martin frissonna. La chose noire informe était une main géante dont les ongles seuls mesuraient le double de sa taille. Il distingua avec horreur la peau plissée des doigts palmés. Le poing monstrueux s'était placé contre la porte du Diable, cherchant à toutes forces à se frayer un passage.

Les murmures se turent. Les mégalithes de la porte du Diable avaient ressuscité. Leur cime effleurait le dôme de la centrale, leur matière rugueuse contrastant étrangement avec les parois lisses et métalliques du décor.

Sir Matthew rouvrit les yeux. Ses poings se crispèrent sur le manche du poignard.

« Non ! » hurla Richard.

La lame s'abattit.

Cependant, au lieu de frapper Martin, elle stoppa à mi-course, comme retenue par un fil invisible. Sir Matthew poussa un grognement étranglé et tira de toutes ses forces. Sans succès : le poignard restait figé en l'air. Alors le savant baissa la tête vers Martin, les yeux agrandis de stupeur, en même temps que s'élevaient dans l'assistance les premiers soupirs de crainte et de défaite.

« Il est l'un des Cinq ! s'écria Marsh d'une voix brisée. L'un des Cinq ! »

Le poignard étincela dans ses mains. Il le lâcha en poussant un cri rauque. Alors, les lanières de cuir qui entravaient Martin se délièrent. Martin se dressa d'un bond, saisit le poignard et sauta de la dalle de marbre. Il avança dans l'arène et la créature noire, cent fois plus grande que lui, reflua lâchement vers les profondeurs. Le rouge recouvrit à nouveau son poing, une deuxième traînée verte ondula à la surface. Martin brandit son poignard en direction des villageois. Aucun ne tenta de l'arrêter. Il franchit d'un bond le cercle magique pour délivrer Richard. Un coup de lame suffit.

« Suis-moi », lui ordonna Martin d'une voix qu'il ne reconnaissait pas.

Trop abasourdi pour contester, Richard lui emboîta docilement le pas et ils disparurent par l'une des issues avant que les villageois eussent repris leurs esprits.

Elvira réagit la première. Elle s'élança sur leurs traces en poussant un hurlement de rage. Le pharmacien voulut l'imiter, mais à peine avait-il fait deux pas hors du cercle que le sol explosa devant lui. Des flammes orange jaillirent, un épais nuage de fumée blanche l'enveloppa et il s'écroula.

Une sirène d'alarme se mit à hurler, les projecteurs à clignoter.

« Restez à l'intérieur du cercle ! cria Sir Matthew. Il nous protège des radiations ! »

À présent, les flammes dépassaient la hauteur des monolithes et léchaient le dôme. La fumée blanche se répandait comme une nappe mouvante à la surface. D'un côté de la sphère, le sol se souleva et le bâtiment tout entier se mit à trembler.

La panique s'empara peu à peu des villageois. Mlle Kite leva les bras en criant de terreur et franchit le cercle entre deux monolithes. Elle fit trois pas. Le tapis de fumée blanche s'enroula autour de ses jambes et parut l'aspirer. Elle poussa un cri d'agonie et s'effondra, aussitôt engloutie par la nappe ondoyante.

« Restez à l'intérieur du cercle ! répéta Sir Matthew. Les portes extérieures sont verrouillées. Ils ne peuvent pas s'échapper ! »

Sous leurs pieds, la main géante s'acharnait à cogner contre la porte du Diable. Et puis, tout à coup, un hurlement d'épouvante s'éleva, si assourdissant que les villageois terrorisés se jetèrent à genoux, les mains pressées contre les oreilles, les yeux exorbités.

Une force nouvelle s'emparait de Martin, une force irrésistible qui balayait tous les obstacles. Sur son passage, les portes volaient en éclats comme sous le souffle d'un ouragan, les parois d'acier se tordaient. La centrale formait un véritable labyrinthe, pourtant il avançait sans hésiter. Escaliers, corridors, voûtes, sas, il se dirigeait comme s'il avait vécu là toute sa vie.

Richard courait derrière lui. Il avait perdu tout sens de l'orientation, mais il savait qu'ils descendaient et qu'ils devaient déjà se trouver bien en dessous du niveau du sol. Comment Martin comptait-il découvrir une issue de secours dans les souterrains ?

Ils traversèrent une salle où était entreposé du matériel, puis longèrent un énième corridor qui menait à une énième porte.

Cette porte s'ouvrit sans résistance et ils débouchèrent sur une passerelle suspendue au-dessus d'un bassin rectangulaire rempli d'eau. Jamais Richard n'avait vu une piscine semblable, ni surtout une eau d'un bleu si fluorescent, si limpide. Pas une seule impureté n'en troublait la surface. Le bassin mesurait environ trois mètres cinquante de profondeur. Des caisses métalliques tapissaient le fond. La moitié était vide, mais les autres contenaient des tiges de métal tordues.

Richard comprit tout de suite de quoi il s'agissait. Ce n'était rien d'autre que les déchets radioactifs du réacteur stockés pour le refroidissement, et la piscine n'était pas remplie d'eau mais d'acide. Les caisses immergées renfermaient la plus mortelle des substances. Richard recula vers la porte en frissonnant.

L'attaque le prit totalement par surprise : un choc d'une violence inouïe l'atteignit à la nuque et il tomba à genoux, avec l'horrible impression que sa tête allait se décrocher de son cou. Son agresseur le bouscula pour rattraper Martin sur la passerelle. Elvira ! Incapable de se relever, Richard la vit menacer le jeune garçon d'une lourde barre de fer.

« J'ai toujours senti en toi quelque chose de spécial, lui jeta-t-elle d'un ton grinçant, les traits déformés par la fureur, les yeux étincelants, la bouche tordue dans une grimace horrible. Tu as tout gâché. Tout ! Sans toi j'aurais possédé la moitié du monde, j'aurais pu satisfaire tous mes caprices. Tu as tout gâché mais tu vas payer... »

Elvira brandit son arme à deux mains. Martin jeta un coup d'œil autour de lui. Il était acculé : d'un côté le mur, de l'autre la rambarde et un plongeon dans la piscine. La passerelle mesurait à peine deux mètres de large et Elvira bloquait le passage entre Richard et lui. Même s'il lui échappait, elle tenait le journaliste à sa merci. Martin n'avait pas le choix.

La barre siffla au-dessus de sa tête. Vif comme l'éclair, il esquiva en se rejetant de côté et recula, le dos à la rambarde. Elvira haletait, hagarde, la langue pendante. Avec un grognement de rage, elle pointa sa barre de fer sur sa poitrine, plaquant Martin contre la rampe. Puis elle s'en saisit par les deux bouts et la pressa contre sa gorge dans le but évident de l'étrangler. Martin sentit son torse basculer en arrière et ses pieds quitter le sol. Alors il releva violemment le genou dans l'estomac d'Elvira pour l'obliger à relâcher sa pression. Le souffle coupé, elle exhala un cri rauque et recula.

Martin feinta au moment même où la barre tournoyait à nouveau au-dessus de sa tête. Il entendit l'air siffler près de sa joue mais la massue s'abattit sur la rambarde. Sans laisser à Elvira le temps de recouvrer son équilibre, il se glissa derrière et se propulsa de tout son poids contre son dos. Déjà ébranlée par les coups de boutoir, la rambarde céda sous le choc. Elvira battit un instant des bras au-dessus du vide puis son corps bascula en avant et sombra comme une pierre dans l'un des caissons où il resta coincé, malgré ses efforts désespérés pour se dégager.

Richard rampa jusqu'au bord de la passerelle. Les effets atroces de l'acide opéraient à une vitesse fulgurante. Déjà, la moitié du visage d'Elvira était rongée, et la chair de ses bras se détachait en lambeaux. Il ferma les yeux, horrifié. Le châtiment des sorcières du Moyen Âge, que l'on brûlait vives sur la place publique, semblait doux comparé à celui d'Elvira Crow.

« Viens ! » l'appela Martin d'un ton calme.

La passerelle menait à une porte, laquelle ouvrait sur un nouvel escalier. Mais la ressemblance avec les décors précédents s'arrêtait là : aucune trace de plâtre ni de peinture sur les parois brutes taillées dans le roc et piquées de taches de mousse. La rouille rongeait les marches de fer de l'escalier qui plongeait dans l'obscurité. Une odeur saline imprégnait l'air et on enten-

dait le grondement d'un torrent. La rivière souter-
raine !

Les marches aboutissaient à une minuscule plate-
forme triangulaire. Deux mètres en dessous, la rivière
cascadait à travers des kilomètres de tunnel creusé
sous la forêt. L'eau s'y engouffrait comme dans une
conduite et aucune berge ne permettait de longer la
rivière.

Martin poussa un cri faible. Son pouvoir l'avait
quitté. Il était redevenu un adolescent épuisé et
effrayé.

« Passe tes bras autour de mon cou et tiens bon »,
lui ordonna Richard.

Et ils sautèrent.

Le caisson du réacteur d'Omega Un était en train
de céder. Les flammes progressaient, la chaleur attei-
gnait un tel degré que les conduites fondaient, laissant
le gaz s'échapper en sifflant comme un millier de serpents en colère. Le sol se convulsait. Une fissure fen-
dit l'un des murs et l'air frais qui s'infiltra activa le brasier.

Sir Matthew Marsh se tenait seul, près de l'autel de
marbre. Les villageois avaient succombé à la peur et
tenté de s'enfuir. Hors de la protection du cercle, ils
avaient instantanément été réduits en cendres. La salle
de contrôle explosa, répandant sur toute l'arène une
pluie meurtrière d'éclats de verre et de métal.

En face, la tour oscilla sur une nouvelle secousse et
finit par basculer avec d'horribles grincements d'ago-

nie en ouvrant une brèche béante dans une paroi. Sir Matthew se pencha au-dessus de l'autel. Sous ses pieds, par-delà le déluge de feu et de fumée mortelle, la main noire de la créature qu'il avait rappelée tambourinait inlassablement contre la porte du Diable. Les antiques monolithes s'étaient déjà disloqués. Omega succombait au cataclysme fomenté dans ses entrailles. Tout se désintégrait.

Alors retentit un cri. Un cri que le monde n'avait plus entendu depuis des millions d'années. Le cri du monstre, le cri du roi des Anciens. La porte s'entrouvrit, la main jaillit.

« Maître ! Maître ! » s'exclama Sir Matthew en exhalant un soupir de ravissement.

La main l'enveloppa. Son cri d'extase se mua en cri de terreur, puis s'éteignit. La main s'était refermée sur lui. Le monstre auquel il avait voué sa vie venait de le broyer.

Ce fut cet instant que choisit le réacteur pour se désintégrer. Une lumière aveuglante éclata. Une lumière fantastique, prophétique, aussi intense que le soleil lui-même. La lumière d'une explosion atomique.

Un gigantesque champignon de fumée se forma et la plus effrayante création de l'homme jaillit dans le ciel nocturne en libérant ses mortelles radiations.

Cependant, la porte du Diable était béante. La Nature ayant horreur du vide, le souffle atomique reflua, aspiré. Et le champignon, à peine atteint sa pleine ampleur, fut ravalé à son tour, suivi par l'aveuglante lumière qui refoula le monstre avec elle.

Un ultime hurlement, et il disparut. La nappe rougeoyante glissa à la surface avant de s'effacer, laissant réapparaître le damier noir et blanc. La créature était ensevelie, et la porte à nouveau scellée.

À deux kilomètres de là, frissonnants et hors d'haleine, Martin et Richard ressurgirent du canal souterrain et se hissèrent sur la berge.

À l'horizon, une traînée rose dans le ciel noir annonçait le soleil.

# 18

# UN VISITEUR

« *Le Times* ?

— Rien.

— Le *Telegraph* ?

— Rien.

— Le *Daily Mail* ?

— Rien.

— Le *Guardian* ?

— Rien.

— La *Pravda* ?

— Je ne sais pas, c'est écrit en russe.

— Il doit bien exister un article quelque part ! »

Martin et Richard étaient assis dans l'appartement du journaliste, à York, une paire de ciseaux à la main, devant un monceau de journaux et de magazines.

Richard nommait les titres, Martin les feuilletait. À côté d'eux, sur la cuisinière, quatre œufs s'entrechoquaient dans une casserole d'eau bouillonnante.

« Mais enfin, c'est impossible ! s'exclama le journaliste en déchiquetant rageusement l'exemplaire de *Détective*.

— Combien nous en reste-t-il ? » se lamenta Martin.

Richard haussa les épaules.

« On devrait pourtant trouver mention de la catastrophe dans la presse ! Une explosion nucléaire se produit au beau milieu du Yorkshire sans que personne s'en aperçoive ! C'est insensé.

— Nous avons tout de même l'extrait du *Yorkshire Evening Post*, le tempéra Martin.

— Tu parles ! Un simple entrefilet faisant état d'une lumière non identifiée aux environs de Lesser Malling ! Une lumière non identifiée ! Il s'agit d'une explosion nucléaire et ils annoncent la nouvelle en page quatorze, après les prévisions de la météo ! Je n'arrive pas à le croire... »

C'était pourtant la vérité. Depuis leur fuite d'Omega Un, deux semaines auparavant, Martin et Richard avaient consulté tous les journaux possibles et imaginables sans y trouver la moindre mention de leurs aventures, comme si elles n'avaient jamais eu lieu. Le désastre du Muséum d'histoire naturelle et la mort du professeur Griffin, s'ils avaient fait la une des journaux, étaient présentés comme un regrettable accident dont on imputait la cause à un défaut de construction du bâtiment.

Richard avait bien entendu rédigé un article relatant les circonstances réelles des événements, mais aucun des organes de presse auxquels il en avait adressé une copie n'avait accepté de le publier. Il avait reçu huit lettres de refus qui moisissaient, en ce moment même, dans la boîte à ordures.

L'humeur agressive du journaliste se justifiait donc amplement : il avait enfin obtenu le « scoop » de sa vie, et personne n'en voulait ! Martin, pour sa part, n'avait guère plus de raisons de se réjouir : aucun d'eux n'osait aborder le sujet mais ils pressentaient que l'Assistance publique ne tarderait pas à enquêter sur son sort. Où l'expédierait-on, cette fois ?

« Tu veux que je retire les œufs de la casserole ? proposa-t-il à Richard.

— Je n'ai pas faim, grommela le journaliste en jetant l'exemplaire de *Newsweek* dans la corbeille. Sincèrement, Martin, tu comprends ce qui se passe ?

— Je suppose que notre histoire doit paraître invraisemblable, donc impubliable.

— Peut-être... Pourtant j'ai un curieux pressentiment. J'ai l'impression que les refus que l'on m'a opposés sont dictés par la censure.

— Que veux-tu dire ?

— Des personnages haut placés doivent s'efforcer d'étouffer l'affaire.

« — Qui ? Et pour quelle raison ?

— Je l'ignore. Mais si je découvre les responsables, ils vont le regretter ! »

À cet instant précis la porte de la cuisine s'ouvrit devant un inconnu. Petit, le nez affublé de grosses lunettes, le visage poupin et rose, il avait une apparence parfaitement quelconque et anonyme. Il était vêtu d'un costume sombre étriqué et tenait un porte-documents.

« Qui êtes-vous ? gronda Richard d'un ton hargneux.

— Je suis terriblement désolé, s'excusa l'homme. J'ai sonné mais la sonnette ne fonctionne pas. Alors je me suis permis de... M'autorisez-vous à entrer ?

— C'est déjà fait, il me semble.

— Vous êtes Richard Cole, je présume, poursuivit tranquillement l'inconnu en époussetant une chaise avec son mouchoir avant de s'asseoir.

— Et vous, qui êtes-vous ?

— Permettez-moi de me présenter... je m'appelle Arthur Prentiss. Je viens au sujet de votre article. »

Le visage de Richard s'éclaira aussitôt.

« Vous l'avez lu ?

— Bien entendu.

— Dans quel journal travaillez-vous ?

— Aucun, monsieur Cole. Je ne suis pas journaliste, le détrompa Prentiss avec un sourire d'excuse. Et vous, jeune homme, vous êtes Martin Hopkins, n'est-ce pas ?

— Oui, acquiesça Martin.

— Vous vivez ici pour le moment, je suppose ? ajouta Prentiss.

— Oui, c'est exact, je...

— Et vous allez y rester longtemps ?

— Pas si vite, Prentiss ! s'interposa Richard. Avant de poser des questions, expliquez-nous qui vous êtes et ce que vous voulez.

— Oh, pardon. C'est une stupide négligence de ma part. Je travaille pour le gouvernement, monsieur Cole. Je suis un... fonctionnaire, en quelque sorte. »

Martin sentit aussitôt son estomac se nouer : ses pires craintes se réalisaient.

« Parfait ! tonna le journaliste en se dressant sur sa chaise, rouge de colère. Mettons les choses au clair, monsieur Prentiss. Si vous êtes venu dans le but d'enlever Martin pour l'enfermer dans une quelconque institution, n'y pensez plus ! Ce garçon reste avec moi et si quelqu'un ose toucher un seul de ses cheveux, je l'envoie à l'hôpital, au service des urgences ! Vous avez ma parole.

— Oh !... je comprends parfaitement, monsieur Cole, toussota Prentiss.

— Tant mieux », gronda Richard.

Prentiss le gratifia d'un sourire dédaigneux et ouvrit son porte-documents pour en sortir un dossier rouge. Martin reconnut aussitôt l'article de Richard.

« J'ai lu votre récit avec le plus grand intérêt, poursuivit calmement Prentiss.

— Comment vous êtes-vous procuré une copie de mon article si vous ne travaillez dans aucun journal ? questionna Richard d'un ton soupçonneux.

— Le service qui m'emploie surveille très attentivement les révélations de ce genre, monsieur Cole. Et nous disposons de moyens...

— De quel service s'agit-il ?

— Je crains de ne pouvoir vous répondre sans trahir un secret d'État.

— J'en conclus donc que vous êtes une sorte d'espion.

— Je vous en prie, monsieur Cole, pas de grands mots. Je ne suis ni espion ni agent secret. Disons simplement que je suis un agent du gouvernement qui travaille dans un petit service dont le rôle consiste à... comment dire... étudier de près les phénomènes inhabituels.

— Et vous considérez une explosion atomique dans le Yorkshire comme un phénomène inhabituel ? ironisa Richard.

— *Très* inhabituel et *très* alarmant, acquiesça Prentiss.

— Merci, mon Dieu ! s'esclaffa Richard. Une personne au moins dans ce pays me croit !

— Nous sommes très conscients qu'un malencontreux incident s'est produit, monsieur Cole, rectifia l'agent du gouvernement. Mais cela n'implique pas que nous ajoutions foi aux aspects plus... tortueux de votre histoire.

— Tout ce que Richard a écrit dans son article est vrai ! protesta Martin.

— C'est ce que vous prétendez. Des sorcières, des voyantes extra-lucides, des chiens-fantômes, des squelettes qui marchent, et puis ces créatures : les Anciens ! Nous vivons au XXᵉ siècle, monsieur Cole. Vous ne pouvez espérer que l'on vous prenne au sérieux.

— Pourtant c'est la vérité, insista Martin.

— Peut-être... Néanmoins mes collègues ont passé les lieux au peigne fin sans découvrir aucun indice solide pour étayer votre histoire. J'admets que l'église de Lesser Malling possède un équipement de sonorisation et d'éclairage sophistiqué. Il est vrai aussi que tous les habitants du village ont mystérieusement disparu. En revanche, votre supposée explosion atomique n'a causé pratiquement aucun dégât dans les environs. Comment l'expliquez-vous ?

— Je l'ai indiqué dans mon article, répondit Richard. Le souffle de l'explosion a été absorbé par la porte.

— Ah oui, la fameuse porte du Diable ! ricana Prentiss. Désolé, monsieur Cole, l'explication ne me satisfait pas. Une explosion nucléaire ne se produit pas sans effets. Quant aux événements du Muséum d'histoire naturelle, eh bien... là encore, nos recherches n'ont rien révélé.

— Mais c'est absurde ! protesta Richard. Vous savez très bien que mon récit est vrai, sinon vous ne seriez pas là aujourd'hui. Si vous me prenez vraiment pour un farfelu, expliquez-moi comment toute la population de Lesser Malling s'est subitement évaporée ? Par quel miracle le Muséum d'histoire naturelle s'est tout à coup effondré ? Comment la centrale a été réduite en cendres ? Autant de questions auxquelles vous ne pouvez répondre, monsieur Prentiss, parce qu'il n'existe pas de réponses logiques.

— Vous résumez notre dilemme avec une admirable perspicacité, le félicita l'agent du gouvernement avec un sourire. Or, c'est précisément parce que nous ne trouvons aucune explication logique que nous devons censurer votre article. Nous ne pouvons tout simplement pas nous permettre de le laisser publier. »

Martin craignit un instant de voir Richard s'emparer d'un couteau de cuisine pour en pourfendre Prentiss. Par chance, aucun couteau ne traînait à portée de main et Richard se résigna à déverser sur son adversaire un flot d'injures variées. L'impassibilité de Prentiss finit cependant par l'apaiser et il se laissa retomber sur sa chaise, épuisé.

« Je serai bref, monsieur Cole, reprit calmement Arthur Prentiss. Mon service est responsable des huit refus que vous avez essuyés. Nous avons également interdit toute allusion à la disparition de Sir Matthew Marsh.

— Pourquoi ? intervint Martin.

— Ce serait contraire à l'intérêt général. Mes convictions personnelles n'entrent pas en ligne de compte. Imaginez simplement les conséquences, si un journal réputé sérieux publiait des informations concernant des manifestations de magie noire et autres phénomènes extraordinaires et terrifiants. Il en résulterait une panique collective incontrôlable. Ainsi que vous l'avez souligné, monsieur Cole, nous nous heurtons à des questions insolubles et, de nos jours, rien n'effraie davantage que des questions sans réponses.

— Ce qui signifie ? le défia Richard.

— Cela signifie tout simplement que vous allez devoir... enterrer votre article. Nous ne vous laisserons pas le publier. Nous l'avons censuré à huit reprises, à présent on m'envoie vous prier de l'abandonner.

— Et si je refuse ? »

Arthur Prentiss esquissa une moue attristée.

« Votre attachement pour le jeune Martin est évident, monsieur Cole. Il est également évident que vous savez ce qu'il adviendrait de lui si l'Assistance publique apprenait ses conditions de vie actuelles. Les orphelinats ne sont pas aussi sinistres qu'on voudrait le croire, bien sûr, et il recevrait une bonne éducation. Après tout, son internat ne durerait que cinq ans...

— C'est du chantage ! s'emporta Richard.

— Appelez cela comme il vous plaît, monsieur Cole, sourit Prentiss. Pour moi, c'est une opportunité. Restez tranquille et nous oublierons le jeune Martin. C'est un marché équitable, n'est-ce pas ? »

Richard serra les poings. Martin leva vers lui un regard anxieux, conscient du sacrifice que Prentiss exigeait de lui.

« Ne t'occupe pas de moi, Richard, dit-il doucement. Ça m'est égal...

— À toi peut-être, mais pas à moi, gronda Richard en serrant les mâchoires. C'est d'accord, Prentiss. Vous avez gagné.

— Je savais que vous étiez un homme de bon sens, sourit l'agent du gouvernement.

— Mais pas un homme patient. Faites-moi le plaisir de sortir immédiatement de chez moi et n'oubliez jamais que si je vous surprends un jour à rôder autour de moi ou de Martin, je...

— Inutile de vous fâcher, monsieur Cole, l'interrompit Prentiss en levant une main apaisante. Vous n'entendrez plus jamais parler de moi.

— Sortez ! » hurla Richard.

Pendant dix minutes, nul ne dit mot. Richard ne leva même pas les yeux lorsque les œufs, qui bouillaient dans la casserole depuis une demi-heure, explosèrent au plafond.

« Eh bien, remarqua-t-il enfin avec une grimace résignée. On dirait que je ne peux pas me débarrasser de toi !

— Merci, murmura Martin.

— Ne me remercie pas. Je dois être devenu fou !

Le "scoop" de ma vie et je le jette par la fenêtre ! Sans compter que tu n'es pas le compagnon idéal.

— Pourquoi ?

— Tu es bizarre.

— Explique-toi, je ne comprends pas, grommela Martin en baissant la tête.

— Mlle Trotter, Elvira, Sir Matthew, tous les trois ont senti la même chose. Je l'avais remarqué aussi, mais sans vouloir l'admettre. Martin... la nuit où tu t'es enlisé dans les marais, comment as-tu réussi à m'alerter sans crier ? Comment m'as-tu guidé jusqu'à toi ?

— Je ne sais pas, murmura Martin.

— Et dans la centrale, comment es-tu parvenu à nous sauver ?

— Je ne m'en souviens pas.

— Un pouvoir étrange émanait de toi, Martin. Le poignard s'est figé en plein vol, tes liens se sont dénoués. Sir Matthew t'a appelé : "l'un des Cinq". Qui sont les Cinq, Martin ? De qui parlait Marsh ?

— Sir Matthew était fou.

— Peut-être. Cependant il a dit que c'était le destin qui t'avait mis sur ma route, et je le crois. Que tu aies été choisi parmi des millions d'adolescents n'est pas une coïncidence. Il fallait que ce fût toi. Tu étais prédestiné, Martin. Le pouvoir qui sommeille au fond de toi t'a distingué de la masse.

— Tu divagues, Richard.

— Et toi, tu n'es pas honnête envers toi-même. »

Cette fois, ce fut au tour de Martin d'arpenter la pièce de long en large.

« D'accord, finit-il par admettre. Je suis peut-être bizarre. Je le sentais sans oser me l'avouer, parce que c'est impossible à expliquer, Richard. Toute ma vie j'ai senti au fond de moi une énergie qui cherchait à s'exprimer. Quelques étincelles se sont produites dans le passé, mais sans conséquences. Mon arrivée dans le Yorkshire a tout bouleversé. Quand nous étions dans la centrale, une force incroyable a jailli de moi. Une force qui dépassait ma volonté.

— Quelle est cette force, Martin ?

— Je l'ignore, soupira Martin en frissonnant. Les spécialistes appelleraient cela des dons extra-sensoriels, je suppose. En ce qui me concerne, je préfère ne pas y penser. J'ai seulement envie d'aller à l'école comme tout le monde, de me faire des amis, de m'amuser, de vivre normalement.

— J'espère pour toi qu'il en sera ainsi, répondit Richard. Mais, que tu le souhaites ou non, Martin, ton pouvoir ressurgira un jour. Et ce jour-là, je préfère ne pas me trouver dans les parages, car cela signifiera probablement des tas d'ennuis !

— Quel genre d'ennuis ?

— Je ne suis pas devin. En tout cas, j'ai le désagréable pressentiment que nous n'en avons pas terminé.

— Eh bien, ce sera toujours plus passionnant que

ta rubrique des chiens écrasés et des pasteurs nudistes !

— Je n'en doute pas une seconde ! » admit Richard en éclatant de rire.

FIN

**Retrouve les Cinq dans leur combat contre la suprématie des Anciens dans leur prochaine aventure :**

*La nuit du scorpion*

ANTHONY HOROWITZ

Né en 1957, Anthony Horowitz vit depuis plusieurs années à Londres. Auteur de scripts pour la télévision, il a aussi et surtout écrit des romans pleins d'humour pour la jeunesse. Dans le genre du policier comme dans celui du fantastique, ses succès ne se comptent plus. Plusieurs prix sont venus couronner son œuvre, notamment le Prix Polar-Jeunes 1988 pour *Le faucon malté*, le Prix européen du Roman pour Enfants 1993 pour *L'île du Crâne* et le Grand Prix des Lecteurs de *Je Bouquine* en 1994 pour *Devine qui vient tuer*.

# TABLE

# Si vous avez aimé ce livre, vous aimerez aussi dans la collection Le Livre de Poche Jeunesse :

## Série : Les Frères Diamant

### Tome 1. Le Faucon malté

Anthony Horowitz
Traduit de l'anglais par Annick le Goyat
En échange d'une vraie fortune, Tim Diamant, détective privé, doit garder précieusement un paquet de chocolats maltés : facile mais surprenant ! Mais voilà que pour Tim, les catastrophes s'enchaînent...
11 ans et +
N° 900

### Tome 2. L'ennemi public n° 2

Anthony Horowitz
Traduit de l'anglais par Annick le Goyat
À la suite d'un coup monté contre lui, deux policiers de Scotland Yard, contraignent Nick à partager la cellule de Johnny Powers, jeune chef de l'un des gangs les plus dangereux de Londres...
11 ans et +
N° 915

### Tome 3. Devine qui vient tuer ?

Anthony Horowitz
Traduit de l'anglais par Annick le Goyat
Quand l'agent secret Jack Mac Guffin, poursuivi par une puissante organisation criminelle, fait irruption dans le bureau des frères Diamant : c'est du sérieux...
11 ans et +
N° 799

## Série : Les aventures de David Eliot

### Tome 1. L'île du crâne
Anthony Horowitz
Traduit de l'anglais par Annick le Goyat
David Eliot vient d'être renvoyé du collège, ses parents l'envoient alors dans une école bien étrange, sur la sinistre île du crâne... très vite il soupçonne le pire, mais il est encore loin de la vérité...
11 ans et +
N° 901

### Tome 2. Maudit Graal
Anthony Horowitz
Traduit de l'anglais par Annick le Goyat
Sur l'île du crâne, c'est l'effervescence : le Graal Maudit va être remis au meilleur élève de l'école. David est sûr de remporter le prix, mais rien ne se passe comme prévu et ce qu'il découvre est plus terrible encore...
11 ans et +
N° 902

## Série : Les Cinq contre les Anciens

### Les portes du diable
Anthony Horowitz
Traduit de l'anglais par Annick le Goyat
Elvira Crow est aussi laide que malveillante... Et c'est dans sa ferme perdue, au fin fond du Yorkshire, que l'Assistance publique a envoyé le jeune Martin Hopkins après la mort tragique de ses parents, c'est alors que sa vie va tourner au cauchemar.
11 ans et +
N° 916

### La nuit du scorpion
Anthony Horowitz
Traduit de l'anglais par Annick le Goyat
Martin Hopkins est convaincu qu'on cherche à le tuer... par l'intermédiaire d'un étrange manuscrit si convoité qu'il provoque la mort de son propriétaire, Martin découvre une énigme dont il trouvera la réponse au Pérou...
11 ans et +
N° 921

**La citadelle d'argent**
Anthony Horowitz
Traduit de l'anglais par Annick le Goyat
Les jumeaux Helsey, sont télépathes. Orphelins, ils sont sous la garde d'un oncle qui les exploite dans son cirque. Mais un jour à New York, Jeremy est enlevé sous les yeux de son frère... Nicholas découvre alors que de nombreux enfants doués de pouvoirs particuliers ont disparu...
11 ans et +
N° 926

**Le jour du dragon**
Anthony Horowitz
Les Anciens veulent toujours régner sur le monde. Cette fois-ci, ils ont choisi Hong-Kong comme siège de leur machination. Leur mission : attirer les Cinq une nouvelle fois, afin de les anéantir...
11 ans et +
à paraître

*Composition JOUVE – 53100 Mayenne*
N° 313566c
Imprimé en Italie par G. Canale & C.S.p.A.-Borgaro T.se (Turin)
Janvier 2003 - Dépôt éditeur n° 27571
32.10.2087.8/01 - ISBN : 2.01.322087.1
*Loi n° 49-956 du 16 juillet 1949 sur les publications destinées à la jeunesse*
*Dépôt légal : janvier 2003*